KB276011

흥부전
이 박을 타거들랑 밥 한 통만 나오너라

10

흥부전

이 박을 타거들랑 밥 한 통만 나오너라

전국국어교사모임 기획 · 신동흔 글 · 김혜란 그림

Humanist

고전을 읽어야 한다는 가르침은 어릴 때부터 귀가 따가울 만큼 들었다. 그러나 몸소 이를 따르는 사람은 흔치 않다. 종종 고전을 가까이하는 사람들이 있는데 이들은 대체로 삶을 헛되이 보내지 않고 훌륭한 일을 이루어 세상에 뚜렷한 이름을 남겼다. 고전 안에 그만큼 값진 속살이 들어 있기 때문이다.

고전이 이처럼 깊은 가치를 지녔는데 어째서 고전을 읽는 사람은 흔치 않을까? 아마도 고전이 사람을 쉽게 끌어당겨 주지 않기 때문일 것이다. 고전은 우리에게 섣불리 손짓을 하지도, 눈웃음을 치지도 않는다. 고전은 끈기를 가지고 파고들어 오는 사람에게만 마지못한 듯이 웃음을 지으며 속내를 털어놓는다. 고전은 요즘보다 훨씬 무뚝뚝하던 옛날에 이루어진 삶이며 글이기 때문이다.

그래서 우리는 청소년들이 고전을 즐겨 읽을 수 있도록 마음을 다했다. 뻣뻣하고 까칠한 고전을 달래서, 부드럽고 친절하게 청소년을 끌어당기도록 손을 쓰고 공을 들였다. 멋없이 무뚝뚝하던 고전을 정성껏 매만져서 두 팔을 활짝 벌리고 청소년들을 끌어안을 수 있도록 탈바꿈했다.

고전은 이제 온전히 겉모습을 바꾸어 청소년들을 맞이할 것이다. 자칫 속살까지 탈바꿈한 것처럼 보일지 몰라도 책을 읽다 보면 예스러운 고전의 맛과 멋을 한껏 느낄 수 있을 것이다. 우리는 무엇보다도 고전이 고전다운 속내와 뼈대를 온전하게 지니도록 하는 데 힘을 쏟았다.

고전은 시공간을 뛰어넘고, 나라와 겨레를 뛰어넘어 세상 모든 사람에게 큰 울림을 준다. 《시경》, 《탈무드》, 《오디세이아》, 셰익스피어와 괴테의 작품이 세상 모든 이에게 가르침을 주듯이, 우리의 고전도 모든 이에게 값진 가르침을 줄 것이다. 가르침이 서로 다르기는 하지만 높낮이가 있는 것은 아니다. 그러므로 세상 고전을 두루 읽어야 하는 것이나, 우리는 우리네 고전부터 읽는 것이 마땅한 차례다.

이런 뜻으로 전국국어교사모임에서 '국어시간에 고전읽기' 시리즈를 펴낸 지 십 년이 되었다. 누구나 두루 즐기며 읽을 수 있도록 쉽게 풀어 쓰고 맛깔나고 재미있는 작품으로 재창조하려고 무던히도 애썼다. 다행히도 많은 독자로부터 분에 넘치는 사랑을 받았고, 우리 고전을 가까이하고 즐기는 청소년들이 많이 늘어 고마울 따름이다.

지난 십 년처럼 묵묵하게 이 시리즈를 이어 갈 생각으로 첫 마음을 되새기며 글과 그림을 더하고 고쳐 좀 더 새로운 얼굴의 우리 고전을 세상에 다시 내놓으려 한다. 이 책을 통해 우리 청소년들이 풍성하고 가치 있는 고전의 바다에 풍덩 빠질 수 있기를 기대해 본다.

전국국어교사모임

《흥부전》을 읽기 전에

이 책을 읽는 사람 가운데 흥부와 놀부 이야기를 모르는 사람은 없겠지요? 마음 착한 흥부와 심술 많은 형 놀부. 마치 우리 이웃에 실제로 살았던 것처럼 친근하게 다가오는 이름들입니다.

하지만 흥부와 놀부 이야기에 얽힌 사연을 제대로 알고 있는 사람들은 뜻밖에도 많지 않은 것 같습니다. 형한테서 쫓겨난 다음 흥부가 삶을 어떻게 꾸려 나갔는지 이야기할 수 있나요? 그냥 대충 착하게 살다가, 또는 구걸이나 하면서 대책 없이 살다가 제비가 물어다 준 박 덕분에 하루아침에 부자가 되지 않았던가 하는 식으로 내용이 떠오른다면 흥부를 제대로 아는 것이라 하기 어렵습니다. 흥부가 그 아내와 함께 궂은 품팔이 일을 닥치는 대로 하면서 자식들을 먹여 살리려고 애쓴 사실을 모른다면, 또 곤장을 대신 맞아 가면서라도 처자식을 간수하려고 했던 사실을 모른다면 말입니다. 그뿐이 아닙니다. 흥부가 하루 끼니조차 때우지 못하는 어려운 상황 속에서도 웃음과 여유를 잃지 않고 씩씩하게 살아간 훌륭한 아버지라는 사실은 또 어떠한지요. 사람들은 요즘 같은 시대에 흥부처럼 사는 건 현명하지 못하다고 쉽게 말하곤 합니다. 정말로 그럴까요?

이제 흥부와 놀부의 참모습을 《흥부전》을 통해 새롭게 만나 보기 바랍니다. 그들이 어떻게 생각하고 어떻게 행동했는지 그들의 말 한 마디 한 마디, 몸짓 하나하나를 차근히 음미하며 마음에 새겨보기 바랍니다. 우리가 이전에 알았던 것과 아주 다른 모습으로, 무척이나 놀랍고 감동적이며 흥미진진한 모습으로 그들이 생생하게 살아 다가오는 것을 느낄 수 있을 것입니다.

《흥부전》은 판소리로 전승되면서 발전해 온 작품입니다. 판소리 사설에는 특유의 리듬감이 깃들여 있지요. 그 리듬을 타면서 작품을 읽어 나가면 이야기 사연을 훨씬 흥겹게 받아들일 수 있을 것입니다. 중간중간에 '얼씨구!', '그렇지!' 하고 추임새도 넣으면서, 작품을 한껏 즐기면 좋겠습니다.

자, 이제 우리네 다정한 이웃들의 슬프고도 우스꽝스러우며 황당하고도 감동적인 이야기가 펼쳐집니다. 귀를 쫑긋, 눈을 둥그레, 마음을 활짝! 신명 나는 이야기 속으로 텀벙 뛰어들어 봅시다.

신동흔

차례

이 박을 타거들랑 아무것도 나오지를 말고

밥 한 통만 나오너라 시르렁 시르렁 톱질이야

톱밥이 퍽! 박이 떡 벌어지는데

오색구름이 자욱하고 향취가 진동을 했다

아이고 형님, 갈 곳이나 일러 주오

이 나라는 예로부터 군자의 땅이며 예의의 고장이었다. 열 집 사는 마을에도 충신이 나고 일곱 살 아이라도 효도를 일삼으니 불량한 사람이 있을 리 없었다. 하지만 요순 임금 태평 시절에도 흉악범이 생겨났고 공자님 계실 적에도 도척 같은 자가 있었으니 인간사 깊은 이치란 헤아리기 어렵다.

옛적에 전라도 운봉과 경상도 함양 땅 어름에 박씨 형제가 살았으니, 놀부는 형이고 흥부는 아우였다. 같은 아버지 같은 어머니한테서 났으나 성품은 딴판이었다. 사람마다 몸속에 오장육부가 있는데 놀부는 오장칠부였다. 어찌 된 일인가 하면 왼쪽 갈비뼈 밑에 장기 알만 한 심술보 하나가 주머니처럼 딱 붙어 가지고 심술이 사시사철 가리지 않고 거침없이 흘러나왔다. 그 심술을 보자면 꼭 이러했다.

대장군방 나무 베고, 삼살방에다 집을 짓고, 귀신 터에 이사 권코, 불 난 집에 부채질. 다 된 밥에 재 뿌리기. 애 밴 부인은 배를 차고, 오대 독자 불알 까고, 수절 과부는 희롱하고, 다 큰 처녀 헛소문 내기. 의원 보면 침 도둑질, 지관 보면 쇠 감추기, 똥 누는 놈 주저앉히고, 곱사등이는 뒤집어 놓고. 앉은뱅이 택견하고, 엎어진 놈 뒤통수 치고, 달리는 놈 다리 걸고, 삼거리 길에 구덩이 파기. 애 낳는 데 개를 잡고, 다 된 혼사에 훼방 놓기, 상여 맨 놈 몽둥이질, 기생 보면 코 물어뜯고. 제삿술에다 가래침 뱉고, 옹기 가게에 돌팔매질, 비단 가게에 물총 쏘고, 고추밭에서 말달리기. 가문 논에 물 빼내기, 장마 논에 물 대기와, 애호박에다 말뚝 박고, 이삭 팬 벼 포기째 뽑기. 어른 보면 반말하기, 가난한 양반 관을 찢고, 판소리하는데 잔소리하고, 풍류 판에 나팔 불기. 된장 그릇에 똥 싸기와, 간장 그릇에 오줌 싸기, 우는 아기는 집어뜯고, 자는 애기 눈 벌린다. 눈먼 봉사 이끌어서 개천 물에 빠뜨리고, 길 가는 나그네들 재울 듯이 붙들었다 해 다 지면 쫓아낸다.

형은 이러한데 동생 흥

부는 마음이 착하여 하는 행실이 달랐다. 부모
님께 효도하고 일가친척 화목하며, 노인
이 등짐 지면 자청해서 져다 주
고, 길가에 흘린 물건 임자 찾
아 전해 주기. 고단한 사람 봉
변 당하면 한사코 말려 주고, 타향에
서 병든 사람 고향 집에 소식 전하고, 길을 잃고 우는 아이 부모를 찾
아 주고, 벌레 하나 죽이지 않고 자라는 풀 꺾지 않아 선량한 마음이
미물에까지 이르니 부귀를 바라는 욕심이 있을 리 없었다.

하루는 놀부가 이런 동생을 내쫓
을 양으로 공연한 생트집을 걸어
불호령을 내놓았다.
"네 이놈, 흥부야!"
흥부가 깜짝 놀라 형 앞에
가 꿇어앉는다.
"네 이놈아, 내 말 똑똑히

- **도척(盜跖)** 춘추 시대 노나라의 전설적인 큰 도적.
- **오장육부(五臟六腑)** 오장(간장, 심장, 비장, 폐장, 신장)과 육부(위, 큰창자, 작은창자, 쓸개, 방광, 삼초)라
  는 뜻으로, 내장을 통틀어 이르는 말.
- **대장군방, 삼살방** 우리의 민간 신앙에서는 이사할 때 '손 없는 날'이 좋다고 한다. 손이 있는 날 즉 좋지 않
  은 날이 있듯이, 그 해에 좋지 않은 방위도 있다. 대장군방과 삼살방은 그 해에 막힌 방위 즉 좋지 않은 방위
  를 가리키며, 해마다 달라진다. 그래서 대장군방과 삼살방으로는 이사하지 않고 이 두 방위에서 흙을 퍼 오
  거나 집을 수리하지도 않는다고 한다.

들어라. 우리 부모 계실 적에 너와 내가 형제라도 차별해서 기르던 일을 너도 알 만큼은 알 것이다. 우리 부모 야속하여 나는 집안 장손이라고 제사를 맡기면서 글도 하나 안 가르치고 밤낮으로 일만 시켜 소 부리듯 부려 먹고, 네 몸은 둘째라 내리사랑 더하다고 일은 아예 안 시키고 밤낮으로 글만 읽혀 잘 먹고 잘 입던 일을 내가 오늘 생각하면 원통하기 짝이 없다.

네놈이 부모 계실 때 세도를 부렸으니 나도 이제 기를 펴고 세도 좀 해 보련다. 이 집안 재산이 모두 다 내 것이니 너 좋은 일 못하겠다. 너희 식구가 여태까지 먹은 값을 다 받아야 하나 그것은 그만두고, 오늘로 네 처자식 앞세우고 당장 내 집에서 떠나라.”

흥부가 뜻밖에 이 말을 들으니 생벼락이 내리는 듯 천지가 아득했다.

“아이고 형님, 부모님 생전의 일은 제가 철이 없었으니 어찌하셨는지 모르나, 제가 죄가 있으면 형님 마음이 풀리도록 종아리를 치든 엉덩이를 치든 벌을 주고 혼내시지 나가란 말씀이 웬일입니까?”

“이놈아, 네 식구를 생각해 봐. 자식들만 돼지 새끼처럼 줄줄이 낳아 놔서 더 먹일 수도 없는 데다 밥만 먹고 어슬렁거리는 꼴 보기 싫으니 잔소리 말고 썩 나가.”

흥부가 기가 막혀,

“아이고 형님, 웬 말씀이오? 형제는 한 몸인데 한쪽을 버리시면 둘 다 병신이 될 터인데 남 보기 창피합니다. 더구나 제 한 몸은 고사하고 젊은 아내와 어린 자식을 어느 집에 의지하며 무엇 먹어 살린단 말입니까? 아우 하나 있는 것을 나가라고 하니 한겨울 찬 바람에 어느 곳으로 간단 말이오? 지리산으로 가오리까, 태백산으로 가오리까, 아니면 백이숙제 굶어 죽은 수양산으로 가오리까?”

“이놈 나더러 너 갈 곳까지 일러 주란 말이냐? 잔소리 말고 썩 나가라.”

흥부가 형님 방에서 물러 나오려니 설운 마음에 목이 메었다.

“아이고 내 신세야. 부모님이 살아 계실 때는 네 것 내 것 다툼 없이 잘 입고 잘 먹어서 세상 분별을 몰랐더니 흥부 신세가 하루아침에 이리될 줄 귀신인들 알았을까. 여보, 마누라! 형님이 우리더러 나가라 하시니 우리가 이렇게 나가면 어느 곳으로 가서 산단 말이오?”

흥부 아내가 기가 막혀 눈물 섞어 말을 했다.

“이 너른 천지에 사람 살 데 없을까. 갑시다! 아무 데라도 가요. 살기 좋은 서울로 갑시다.”

“우리가 세상 물정을 통 모르니 서울 가서 살 수가 없지.”

“그렇거든 이도 저도 다 버리고 산속으로 들어갑시다.”

“산속에서 지내려 한들 물자가 귀해 못 살 테니 이 일을 어찌한단 말이오.”

아무리 생각해도 수가 나지 않자 흥부는 다시 형님 앞으로 달려가 엎드렸다.

<hr>

● **백이숙제(伯夷叔齊)** 중국 주(周)나라의 전설적인 형제 성인. 주나라 무왕이 은나라를 치려 하자 이를 반대하며 주나라의 곡식을 먹기를 거부하고 굶어 죽었다.

"형님, 형제간 정을 보아 한 번만 거두어 주세요. 아무리 생각해도 나가 살 도리가 없습니다."

"네가 정 갈 데가 없어 그런다면 갈 곳을 일러 주지. 다른 데 가지 말고 시장판 찾아가서 노름방을 꾸며 놓고 인물 좋은 네 아내를 기생 삼아서 술을 팔기로 들면 먹고살 도리가 생길 것이다. 내 말을 잊지 말고 꼭 그리하되 애당초 나는 믿지 마라. 네가 만약 떠난 뒤에 이 문을 다시 들어서면 죽어서나 나갈 것이다, 이놈!"

흥부가 이런 말까지 들으니 기가 막히고 목이 막혀서 다른 소리는 더 못하고 그저 하릴없이 물러나와 처자식을 앞세우고 형 앞에 늘어서서 하직을 고했다.

"형님 갑니다. 부디 안녕히 계십시오. 저는 형님을 못 받들고 정처 없이 가거니와 마음 상하지 말고 조상님 잘 모시고 부귀공명 누리면서 오래오래 사십시오."

흥부가 통곡을 하며 살던 집을 떠나가니 동네 남녀노소는 물론이고 하인까지 혀를 차고 눈물을 흘리며 흥부를 보냈다.

● **노름방** 노름을 하는 방.

돈 돈 돈, 돈 봐라 돈!

흥부가 아내와 자식을 앞세우고 정처 없이 길을 나서니 갈 길이 막막했다. 더구나 흥부 아내는 부잣집 며느리로 먼 길을 걸어 본 적이 없는 터라 고생이 더욱 심했다. 어린 자식을 업고 또 안은 채로 울며불며 남편을 따라가니 그 광경이 안쓰러워 눈뜨고 보기 어려웠다.

흥부 일행은 몇 달을 헤맨 끝에 그렁저렁 복덕촌이라는 마을에 이르렀다. 마을에 이르러 보니 인심이 거룩하고 농사지을 물이 튼튼해서 사람이 살 만했다. 마침 마을 앞에 집 한 채가 비어 있는지라 흥부는 마을 사람한테 사정을 말하고 그 집을 얻어서 깃들었다.

흥부가 새집에 솥 하나만 달랑 걸고 지내는데 집 모양이 참으로 볼만하다. 뒷벽에는 외뿐이고 앞창은 살만 남았으며, 지붕은 다 벗어져 추녀가 드러나고 서까래만 겨우 얹혔으니 밖에서 가랑비 오면 집 안에는 큰비가 왔다. 방에 반듯이 드러누워 천장을 바라보면 천문도 붙인 듯 온갖 별을 셀 수 있고, 일하고 곤한 잠에 기지개를 불끈 켜면 상투는 허물없이 앞 토방으로 쑥 나가고 발목은 어느새 뒤뜰에 가 놓여 있다.

그래도 집이라고 멍석자리 거적문에 지푸라기를 이불 삼아 춘하추동 사시절을 지낼 적에, 따로 먹고살 도리가 없으니 무엇이 되었든 손에 잡히는 대로 품을 팔아서 끼니를 이었다.

흥부가 품을 파는데 상하 전답 김매고, 전세 대동 방아 찧기, 보부상단 삯짐 지고, 초상난 집 부고 전하기, 묵은 집에 토담 쌓고, 새집에 땅 돋우고, 대장간 풀무 불기, 십 리 길 가마 메고, 오 푼 받고 말편자 걸기, 두 푼 받고 똥재 치고, 닷 냥 받고 송장 치기. 생전 못 해 보던 일로 이렇듯 벌기는 버는데 하루 품을 팔면 네댓새씩 앓고 나니 생계가 막막했다.

할 수 없이 흥부 아내가 또 품을 파는데, 오뉴월 밭매기와 구시월에 김장하기, 한 말 받고 벼 훑기와 물레질 베 짜기며, 빨래질 헌 옷 깁기, 혼인 장례에 궂은일 하기, 채소밭에 오줌 주기, 갖은 길쌈과 장 달이기, 물방아 쌀 까불기, 보리 갈 때 거름 놓기, 못자리 때 잡풀 뜯기. 아기 낳고 첫국밥을 손수 지어 먹은 뒤에 몸조리 대신하여 절구질로 땀을 내고. 한시 반때도 놀지 않고 이렇듯 품을 파는데도 사는 것이 죽는 것만 못할 지경이었다.

흥부 내외가 이렇게 고생을 하고 가난하게 지내도 자식만큼은 부자였다. 부부간에 금슬이 좋아 자식을 풀풀이 낳는데, 일 년에 꼭 한 번씩은 아이를 낳되 툭하면 쌍둥이요 간혹 셋씩도 낳는 것이었다. 내외간에 서로 마주 보고 눈웃음만 웃어도 그냥 자식이 생겨나 그럭저럭 주워섬겨 놓은 것이 스물아홉이었다. 그 많은 자식을 옷을 지어 입힐 수 없자 흥부가 꾀를 하나 생각했다. 부잣집에서 짚을 얻어다 엮어서 멍석을 만드는데 군데군데 구멍을 냈다. 아이들을 앉혀 놓고서 죄인에게 칼 씌우듯 구멍 하나에 머리 하나씩 멍석을 딱 씌워 놓으니 몸뚱이는 안 보이고 머리통만 나와서 멍석 위에 검은콩 메주 늘어놓은 모양이 되었다.

아이들이 울어도 앉아서 울고 잠을 자도 앉아서 자고 항상 앉아서 지내는데 그중 어려운 일은 똥 누러 가는 일이었다. 똥이 마려우면 저 혼자 빠져서 가면 되련만 아이들이 미련하여 온 녀석이 다 나가는데, 그중 키 작은 아이는 발이 땅에 안 닿아 목 졸려 죽는다고 소리치고, 그중 짓궂은 녀석 하나가 다른 아이를 집어뜯고서 정색을 하고 나면 누가 한 줄을 몰라 한바탕 법석을 떨었다.

날이 풀려서 아이들이 멍석을 벗고 양지로 나앉으니 꼭 아궁이에서 자고 난 재투성이 부엌 고양이 모양이었고, 한데 엉켜 노는 모양은 문쥐 떼가 부산 떠는 형상이었다. 하루는 아이들이 각기 입맛대로 음식

* **외** 벽을 치려고 댓가지나 수숫대, 싸리, 잡목 따위로 얽은 것. 여기에 흙을 바르면 벽이 된다.
* **천문도**(天文圖) 천체의 위치와 운행을 나타낸 그림.
* **토방**(土房) 방에 들어가는 문 앞에 좀 높이 편평하게 다진 흙바닥.
* **전세 대동**(田稅大同) 세금을 특산물 대신 쌀로 걷기 시작한 조세 제도인 대동법을 이른다.
* **똥재** 똥오줌에 재를 섞어 만든 거름.
* **문쥐** 여러 마리가 서로 꼬리를 물고 줄지어 다니는 쥐.

타령을 내어 어머니를 조르는데 그 모양이 이러했다.

"아이고 어머니, 나는 서리 쌀밥에 육개장 국 후춧가루 얼큰히 쳐서
더운 김에 한 그릇만 주어요."

흥부 아내 한숨 쉬며,

"이 자식아, 전에 먹던 입맛은 있다마는 죽도 먹지 못하는데 턱없는 육
개장을 어디 있어 달라느냐."

한 아이가 곁에서 가슴을 쿵쿵 치며,

"아이, 그 녀석 하는 말을 듣고 침을 자꾸 삼켰더니 체했나 보다. 어
머니, 체한 데는 꿀물이 제일 좋답니다. 꿀물이나 달게 타서 한 대접만
갖다 주어요."

또 한 아이가 앉았다가,

"아이고 어머니, 나는 술지게미나 보리 개떡이나 제발 덕분에
배부를 것 좀 주어요."

한참 이리할 때 흥부 큰아들이 썩 나서는데 수염 가지가 돋친 녀석
이 고동부사리 목소리로 어머니를 불렀다.

"어머니!"

"어따 이 녀석아, 너는 왜 그리 목에 식구가 많으냐?"

"어머니, 나는 장가나 좀 들여 주오."

"이 녀석아, 어미 말 좀 들어 보아라. 우리가 재산이 그만치

● 서리 쌀밥 첫서리가 내릴 때 수확한 쌀로 지은 밥. 가장 맛있는 밥이라고 한다.
● 고동부사리 코를 뚫어 코뚜레를 해야 할 만큼 자란 어린 황소.

있으면 너를 여태 장가 못 보내고 있으며, 네 아버지를 못 먹이고 어린 동생들을 못 입히겠느냐. 못 먹이고 못 입히는 어미 간장이 다 녹는다. 제발 이 어미를 봐서 조르지 말아라."

흥부 아내가 말이 변하여 울음이 되니 흥부가 말없이 듣고 있다가 자리에서 일어섰다.

"여보 마누라, 울지 말아요. 내가 오늘 읍내를 나갔다 오리다."

"읍내는 무엇하려요?"

"양식을 좀 꾸어서라도 얻어 와야 저 자식들을 먹이지."

"여보 영감, 그 모양에 곡식 먹고 도망한다고 안 줄 테니 가 보아야 소용없는 일입니다."

"가장이 나서는데 그게 무슨 소리! 어찌 될지는 가 봐야 아는 일이니 장 안에서 도포나 꺼내 와요."

"아이고, 우리 집에 무슨 장이 있단 말이오?"

"어허, 닭장은 장이 아닌가? 가서 내 갓도 챙겨 내와요."

"갓은 또 어디에 있답니까?"

"뒤뜰 굴뚝 속에 가 봐요."

"세상에, 갓을 어찌 굴뚝 속에 두었단 말입니까?"

"지난번 국상 뒤에 친구한테 흰 갓 하나를 얻었는데 우리 형편에 칠해 쓸 수도 없고 연기에 그을려 쓰려고 굴뚝 속에 둔 지 벌써 오래요."

흥부가 그렇게 저렇게 의관을 갖추는데 모양이 볼만했다.

헌 망건을 꺼내 쓸 때 물렛줄로 줄을 삼고 박 조각으로 관자 달아서 상투를 매어 쓰고, 갓 테 떨어진 파립은 노끈을 총총 매어 갓끈 삼아

달아 쓰고, 다 떨어진 고의적삼 살점이 울긋불긋, 발바닥은 뻥 뚫리고 목만 남은 헌 버선에 짚 대님이 희한하다. 헐고 헌 베 도포에 구멍이 숭숭, 열두 도막 이은 띠 가슴에 둘러 질끈 매고, 한 손에다가 곱돌 담뱃대 들고, 또 한 손에다 떨어진 부채 들고 곧 죽어도 양반이라고 여덟 팔 자 걸음으로 어식비식이 내려간다.

흥부가 관가를 향해 한참을 가다가 별안간 걱정이 하나 생겨났다.

'내가 아무리 빈털터리가 되었을망정 나는 반남 박 씨 양반이 아닌가. 아전들한테 존대를 할 수 없고 그렇다고 반말을 하면 저 사람들이 싫어해서 곡식을 안 줄 테니 이 일을 어찌하나?'

곰곰 생각하다가 무릎을 탁 쳤다.

'옳커니! 아전들을 보고 인사를 할 때 말끝을 '고'와 '제'로 달아서 웃음으로 닦는 것밖에 수가 없다.'

흥부가 관가에 들어가자 아전들이 일어나며 맞이한다.

"아니 박 생원 아니시오?"

"거 참 여러분네들 본 지가 경세우경년이로고 하하하. 그래 각 댁은 다

• **국상(國喪)** 나라 임금이나 왕후의 초상.
• **관자(貫子)** 망건에 달아 당줄을 꿰는 작은 고리.
• **파립(破笠)** 부서진 갓.
• **경세우경년(經歲又經年)** 해가 지나고 또 지났음을 일부러 유식한 투로 쓴 말.

태평하신지 모르제 하하하."

"아, 우리야 편합니다만 백씨장 기후 안녕하시오?"

"우리 백씨장이사 여전하시제 하하하하."

"그런데 박 생원 이게 어쩐 걸음이시오?"

"글쎄, 권솔은 많고 양도는 부족하여 환자 섬이나 얻을까 하고 왔제
마는 여러분 처분이 어떨는지 모르제 하하하하."

"아니 백씨장이 만석 거부인데 환자 얻는단 말이 어쩐 말이오?"

"글쎄 형제간이라도 너무 자주 얻어먹으니 염치 없더라고 하하하."

"그도 그럴 것이오. 백씨장 속을 누가 모르겠소. 그런데 참 박 생원,
매 더러 맞아 봤소?"

"아니 매 맞는 말은 또 무슨 말?"

"갚기 어려운 환자를 얻을 게 아니라 내려오신 김에 매 좀 맞으시오."

"아니 환자 대신 매를 맞다니? 내가 밥을 굶었다니까 매를 굶은 사
람인 줄 아나?"

"그런 게 아니라 우리 고을 좌수가 병영에서 그만 죄를 얻었는데 좌수
대신으로 곤장 열 대만 맞고 오면 한 대에 석 냥씩 서른 냥은 굳은 돈이
요, 누가 가든 말 타고 가라고 마삯 닷 냥까지 얹어서 서른닷 냥을 주기로
했으니 한번 다녀오시려오?"

흥부가 돈 말을 듣더니 대번에 말투가 존대가 되어 '하시오'로 올라갔다.

"여보시오. 가고말고요. 그건 그러려니와 내 아니꼽게 말 타고 갈 것
이 아니라 정강이 말로 다녀올 테니 그 돈 닷 냥을 나를 주시오."

"아, 그것일랑 그리하구려."

아전이 궤짝을 절컥 열고 엽전 닷 냥을 주니 흥부가 덥석 받아 들고,

"내 다녀오리다."

"예, 평안히 다녀오오."

흥부가 밖으로 썩 나서더니 돈을 들어 보며 어깨춤을 추었다.

"얼씨구나, 얼씨구나, 얼씨구나 좋네. 지화자 좋을시고. 돈 봐라 돈. 돈 봐라 돈. 돈 돈 돈, 돈 봐라 돈. 오늘 걸음은 잘 걸었다. 이 돈 닷 냥을 가지고 가면 열흘은 살겠구나."

자기 집으로 들어가며,

"여보 마누라! 어디 갔소? 대장부 한 번 걸음에 엽전 서른닷 냥이 들어온다네. 거적문 여소. 돈 들어가오."

흥부 아내가 반겨 맞으며,

"어디 돈, 어디 돈, 돈 봅시다, 돈 봐. 이 돈이 웬 돈이오? 일수, 월수 이자를 얻었소, 체계 이자 돈 얻었소?"

"아니 그런 돈이 아니로세. 이 돈 근본을 이를진대 대장부 한 번 걸음에 공돈같이 생긴 돈이라오. 돈 돈 돈, 돈 봐라 돈. 못난 사람도 잘

- **백씨장**(伯氏長) 남의 형을 일컫는 말. 이 또한 유식한 표현으로 쓴 것이다.
- **권솔**(眷率) 딸린 식구.
- **양도**(糧度) 양식 가진 것.
- **환자**(還子) 조선 시대에 백성들에게 봄에 꾸어 주고 가을에 이자를 붙여 거두던 곡식.
- **마삯** 말을 부린 데 대한 삯.
- **정강이 말** 정강이(다리)로 말을 삼아 타겠다는 것으로, 제 발로 걸어서 다녀오겠다는 뜻.
- **일수**(日收), **월수**(月收), **체계**(遞計) 일수는 날마다, 월수는 달마다, 체계는 장날마다 갚는 이자 돈.
- **공돈** 노력의 대가로 생긴 것이 아닌, 거저 얻거나 생긴 돈.

난 돈, 잘난 사람은 더 잘난 돈. 생살지권을 가진 돈, 부귀공명이 붙은 돈. 맹상군의 수레바퀴처럼 둥글둥글 도는 돈. 얼씨구 좋구나, 지화자 좋네. 얼씨구나 돈 봐라. 자, 이 돈 가지고 양식을 팔아다 한번 배불리 먹어 봅시다.”

흥부 아내가 쌀을 팔고 고기를 사다가 자식들 배부르게 먹여 재운 뒤에, 아무래도 궁금해서 돈 사연을 물었다.

“여보 영감, 배부르게 먹으니 좋긴 합니다만 그 돈이 어디서 난 건가요?”

“여보. 이게 비밀이니 말을 내면 안 돼요. 우리 고을 좌수가 병영에 죄를 얻었는데, 내가 좌수 대신 가서 곤장 열 개만 맞고 오면 한 개에 석 냥씩 모두 서른 냥인데, 말 타고 다녀오라고 마삯 닷 냥을 미리 받았지 뭐요. 만약 뒷집 꾀수 애비가 알면 발등거리를 할 테니, 쉬— .”

흥부 아내가 이 말을 듣고 펄쩍 뛰어 일어섰다.

“허허, 아이고, 이것이 웬 말인가. 그리 말아요. 가지 말아요. 아무리 죽게 된들 매품 말이 웬 말이오. 맞을 일이 있다 해도 집을 팔아서라도 그 일 모면할 텐데 번연히 아는 일을 매 맞으러 간다 하니 당신은 어찌하여 죽으려고 야단인가. 못 갑니다, 못 갑니다. 굶으면 그냥 굶고 죽으면 좋게 죽지, 불쌍한 저 모양에 매란 말이 웬 말이오! 여보, 영감. 병영 곤장을 한 개만 맞아도 평생 골병이 든답니다. 바짝 마른 저 볼기에 곤장 열 개를 맞게 되면 영락없이 죽을 테니 돈 닷 냥 도로 주고 제발 부디 가지 말아요.”

흥부가 듣고 하는 말이,

“돈은 벌써 축났으니 도로 줄 수도 없는 일이고, 대관절 이 볼기를 두었다가 어디다 쓰겠소? 쓸데없는 이내 볼기, 이렇게 궁한 판에 매품이나 팔아먹지 그냥 두어 무엇할까. 괜찮으니 걱정 말아요.”

이렇듯 옥신각신하는 통에 자식들이 잠에서 깨어나 총소리 들은 거위가 목을 빼듯 뚱긋뚱긋 일어나 앉았다. 아버지 병영 간다는 말을 듣더니 아버지 볼기를 대단한 만물상 가게로 아는지 물건을 주문하기 시작했다. 막둥이 아들이 나앉으며,

“아버지, 병영 가시거든 나 좋은 허리끈 하나 사다 주어요.”

“그래라.”

또 한 녀석이 나앉으며,

“아버지 나는 투전 하나 사다 주어요. 투전도 잘하면 돈 법답니다.”

“에라, 이 녀석.”

또 한 녀석이 나서서 동여맨 손가락을 내보이며,

“아버지, 나 담뱃대 만들다 손 베었소. 병영 가시거든 담뱃대 꼭지 실한 놈 하나만 사다 주오.”

“에이, 버릇없는 녀석 같으니.”

흥부 큰아들 녀석이 썩 나서면서,

“아버지, 나는 아무것도 말고 아버지 손자가 늦어 가니 각시 하나만 사다 주오.”

● **생살지권**(生殺之權) 사람을 살리고 죽이는 권세.
● **쌀을 팔고** 쌀을 산다는 뜻으로 쌀을 ‘판다’라는 표현을 쓴다.
● **발등거리** 남이 하려는 일을 앞질러서 하는 것.

흥부 아내 기가 막혀,

"철없는 애들아, 아버지가 병영에 매 맞으러 가신다, 녀석들아."

흥부가 나서면서,

"여보, 아무 말 말아요. 돈 서른 냥 벌어다가 열 냥은 빚을 갚고 열 냥은 큰자식 장가들이고 열 냥은 양식 사 먹읍시다."

"아이고. 자식 장가고 양식이고 다 그만두고 제발 가지 말아요."

흥부 큰아들 녀석이 제 장가 말을 듣더니,

"어머니는 괜히 안 말릴 일을 말리고 있어. 내가 장가를 가야 어머니가 속히 손자도 안아 보고 집안 후손을 이을 것 아니오?"

이럴 적에 어느덧 동방이 희번하게 밝아 오기 시작했다. 아침밥 지어 먹고 나서 흥부가 길을 나섰다.

"여보, 걱정 말아요. 내 다녀오리다."

흥부가 병영 일백구십 리 길을 허위허위 걸어 올라가는데 신세 한탄으로 울며 가는 것이었다.

"아이고아이고, 내 신세야. 천지가 생겨나고 사람이 생겨남에 제 복을 타고나건마는 흥부는 박복하여 매품이란 말이 웬 말이냐."

흥부는 그렁저렁 일백구십 리 길을 걸어 병영 문에 이르렀다. 병영 안을 살피는데 올려 보니 대장 깃발이 휘날리고 내려 보니 숙정패가 삼엄했다. 깊은 산 호랑이 위엄같이 용맹 용(勇) 자 써 붙인 사령들이 이리 가고 저리 갈 제 흥부가 본래 순진한 사람이라 벌벌 떨면서 안으로 들어갔다. 하필이면 그날 병영 안이 사람으로 가득하여,

"죄인 잡아들여라!"

방울이 떨렁,

"예—이!"

동헌 마당에서 죄인들이 네댓 명씩 형틀에 엎어져 볼기를 맞으며,

"에구! 에구, 나 죽네!"

흥부 마음에 그네들이 모두 돈 벌러 온 사람인 줄만 알고서,

'아이고, 저 사람들은 일찍 와서 돈 많이 번다. 수백 냥씩 버는구나.

● **숙정패(肅靜牌)** 군령을 집행할 때 사람들이 떠들지 못하도록 '숙(肅)' 자와 '정(靜)' 자를 써서 세워 놓던 나무패.

나도 한번 엎드려 볼까.’

흥부는 스스로 제 볼기를 까고서 문간에 엎드렸다. 그때 사령들이 우르르 쏟아져 나오다가 흥부를 보고서 혀를 내둘렀다.

“허, 이런 일 좀 보게. 병영 문간에 볼기 가게를 벌인 녀석이 다 있네그려.”

사령 가운데 흥부를 아는 사람이 깜짝 놀라서 말했다.

“아니, 이거 박 생원 아니오?”

“알아맞혔네.”

“왜 이러고 엎드려 있어요?”

“우리 고을 좌수 대신으로 매 맞으러 왔지.”

“아이고 박 생원, 그 일이라면 곯았어요 곯아. 쯧쯧.”

“아니 곯다니! 그게 무슨 말이야?”

“다른 말씀이 아니라 아까 어떤 놈이 흥부 씨 대신이라고 곤장 열 개 맞고 돈 서른 냥 짊어지고 갔다오. 벌써 한 오십 리는 갔을 걸요.”

“아니 여보게, 그놈이 어떻게 생겼던가?”

“키는 자그마하고 모기 눈 주걱턱에 쥐 털 수염을 삐쳐 올렸는데, 곤장 열 개를 참 담차게 맞습디다.”

흥부가 기가 막혀,

“아이고, 이 일을 어쩌나. 어젯밤 우리 아내가 우는 통에 뒷집 꾀수 애비란 놈이 알고서 발등거리를 했구나. 아이고, 여보시오들, 일들 잘 보시오. 나는 갑니다.”

병영을 나서서 집으로 휘적휘적 돌아오는데 팔자 탄식이 절로 났다.

“몹쓸 놈의 복이로다. 매품마저도 차례가 안 오니 세상에 이런 복이 또 있는가. 집이라고 들어간들 처자식이 물으면 무슨 말로 대답을 하나.”

흥부가 서럽게 울면서 돌아올 적에, 그때 흥부 아내는 흥부가 떠난 뒤로 서방님이 매를 맞지 않게 해 달라고 하느님 앞에 눈물로 빌고 있었다. 하염없이 빌다가 서방님 떠난 길을 바라보며 눈물지었다.

“불쌍하신 우리 서방님, 어찌 이리 못 오시나. 어디만큼 오시는가. 약한 몸에 매를 맞고 절뚝절뚝 오시는가.”

이렇듯이 울며 바라보고 서 있을 제 흥부가 비틀비틀 걸어오는 모습이 보였다. 흥부 아내가 달려들어 흥부 손을 덥석 잡았다.

“여보, 매 맞았어요? 어디 곤장 맞은 자리 봅시다. 얼마나 아팠소?”

“놔둬, 이 사람아! 당신이 집 안에서 그 방정을 떨었으니 무슨 재수가 있어 매를 맞겠는가. 내가 매를 맞았으면 사람이 아니야.”

“애고, 정말 매 안 맞았어요?”

“안 맞았다니까.”

그 말에 흥부 아내가 좋아라고 덩실덩실 춤을 추기 시작했다.

“얼씨구나 좋네. 지화자 좋을시고. 우리 영감이 병영 길을 가신 뒤로 매를 맞지 마시라고 밤낮으로 빌었더니 매 안 맞고 돌아오니 어찌 아니 즐거울까. 얼씨구나 좋을시고. 옷을 벗어도 나는 좋고 굶어 죽어도 나는 좋네. 얼씨구나 좋네, 지화자 좋아.”

● **담차게** 대담하여 겁 없고 야무지게.

어떤 죄에 어떤 벌?

흥부는 삼십 냥을 벌기 위해 고을 좌수를 대신해 매를 맞기로 합니다. 죄를 지은
당사자가 아닌데 죄인 대신 형벌을 받는 게 가능한 일이었을까요?
조선 시대에는 사람들이 죄를 지으면 어떻게 벌을 받았는지 자세히 알아볼까요?

매우 쳐라

비교적 가벼운 죄를 지은 경우에는 볼기를 쳤
습니다. 볼기를 치는 형벌에는 태형(笞刑)과
장형(杖刑)이 있습니다. 죄의 정도에 따라 태
형은 10대에서 50대까지, 장형은 60대에서
100대까지 각각 다섯 등급으로 나누어 형
벌을 집행했습니다. 볼기를 칠 때에는 죄
수를 형틀에 묶고 아래옷을 내려 엉덩이
부분을 드러내고 큰 소리로 매의 수를 세어
가며 때립니다. 부녀자는 옷을 벗기지 않는 것이
원칙이었으나, 간음한 여자는 예외였습니다. 태형
과 장형은 맞는 대신 면포나 돈을 내어 면제받을
수 있었습니다.

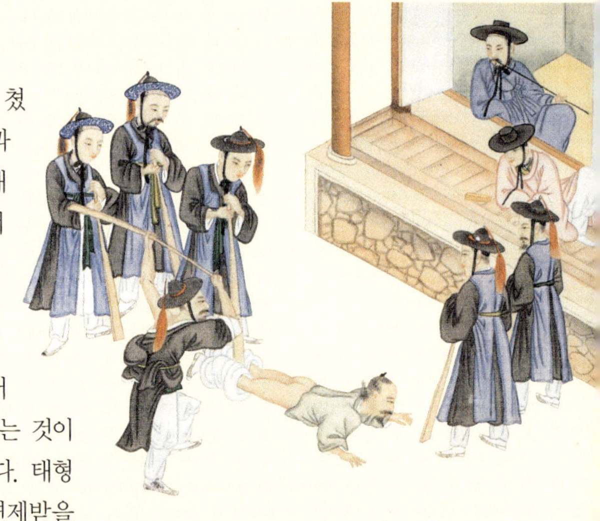

〈태형〉, 김준근, 독일 함부르크 민족학 박물관 소장.

나무 수갑(위)과 나무 칼(아래).

노역에 처하라

큰 죄를 지은 경우에는 가두어 두고 힘든 일을 시켰는데, 이를
도형(徒刑)이라고 합니다. 주로 지방의 관청이나 수공업장에서
일을 했는데 1년, 1년 6개월, 2년, 2년 6개월, 3년의 다섯 등급
이 있었으며 등급에 따라 장형 60, 70, 80, 90, 100대를 함께 내
렸습니다. 도형 판결을 받으면 해당 관아에서는 죄인에게 나무
칼을 씌우고 나무 수갑을 채워 압송합니다.

멀리 보내라

중죄를 지은 자는 외딴섬이나 산간벽지로 보내어 일정한 장소에 머물도록 했습니다. 이를 유형(流刑)이라고 합니다. 거리에 따라 2천 리, 2천5백 리, 3천 리로 등급을 나누고, 각각 장형 100대를 쳤습니다. 또 죄의 종류에 따라 지방관의 감시를 받아야 하는 부처(付處), 거처를 탱자나무나 가시나무로 둘러 외부와의 접촉을 금하는 안치(安置), 죄인의 가족 전체를 변방 지역으로 보내는 천사(遷徙)로 구분합니다.

사형에 처하라

가장 무거운 형벌인 사형(死刑)은 극형이라고도 합니다. 죄의 종류에 따라 목을 매달아 죽이는 교형(絞刑), 칼로 목을 베는 참형(斬刑), 머리와 몸과 팔과 다리를 베어 분리하고 시신을 땅에 묻지 못하게 하는 능지처사(陵遲處死)로 구분합니다. 사람의 목숨을 끊는 것은 자연의 운행을 거스르는 일이라 여겨 춘분과 추분 사이에는 삼가고, 찬 바람이 나는 추분 이후에 시행했습니다.

흥부의 곤장 10대 vs 춘향의 신장 30대

흥부가 곤장 10대를 맞고 돈을 벌겠다고 하자 아내는 남편을 말립니다. 한 대만 맞아도 평생 골병이 든다는데, 10대면 영락없이 죽는다는 것입니다. 곤장은 한 명이 한 대씩, 열 명이 돌아가며 매질을 했습니다. 처음은 가볍게 치지만 점점 강도를 더해 갑니다. 곤장은 한 대만 맞아도 살갗이 상하고 찢어집니다. 그러니 흥부 아내의 걱정은 괜한 것이 아니었지요.

변학도가 춘향을 형틀 의자에 묶고 신장(訊杖, 죄인을 심문할 때 쓰던 몽둥이)을 치는데, 매를 칠 때마다 춘향은 〈십장가〉를 부르며 말대꾸를 합니다. 신장은 한 번에 30대 이상 치지 못하고 사흘을 쉰 뒤 다시 치도록 법으로 정해 놓았다고 하니 혹독한 정도를 짐작할수 있습니다.

지리산 호랑아! 박흥부 물어 가라

흥부 아내가 한참 노닐다가 흥부한테 은근히 말을 냈다.

"여보 영감, 내 말씀 좀 들어 보아요. 이제는 그런 허망한 말 듣지 말고 건넛마을 시숙님한테 건너가서 쌀이 되거나 벼가 되거나 무엇이든 얻어다가 이 자식들 목구멍에 풀칠이나 시킵시다."

"글쎄, 나도 생각은 있었으나 일이 잘될는지. 돈이나 쌀을 주시면 좋지만 팍팍한 그 성품에 만일 보리나 타고 오게 되면 말 많은 이 세상에 그 부끄러움을 어찌한단 말이오."

"우리 형편이 찬밥 더운밥을 가릴 처지가 아니고, 소문을 걱정할 처지가 아니니 하는 말이지요. 보리라도 많이만 주시면 밥도 짓고 죽도 쑤고 보리 개떡도 만들고 싸래기와 겨까지 버릴 게 없지요. 없는 사람 먹고살기는 쌀보다 보리가 좋답니다."

"보리라니 무슨 보리로 알고 하는 말인가?"

"나를 멍청이로 아나 봐요. 보리는 다 좋지요. 쌀보리 늘보리 동보리 양찰보리. 심지어 귀보리도 갈아 놓으면 죽은 쑤어 먹지요."

"이보게 마누라! 내 말은 그런 먹는 보리가 아니라, 몽둥이찜질 하는 일을 보리 탄다고 한단 말이오."

"아이고 서방님, 아무리 그래도 형제간인데 그런 일이 어디에 있답디까. 빌어 보고 안 주시면 돌아오면 그만이고 요행히 사정을 듣고 다소간 주시면 한때 굶주림은 면할 테니 그냥 건너가나 보아요."

"그럼 그래 볼까."

흥부가 놀부 집으로 건너가는데 그 거동이 볼만했다. 줄 사람은 생각도 없는데 꼭 돈이나 곡식을 얻어 올 것처럼 큼직한 자루를 엉거주춤 짊어지고, 서리 아침 추운 날에 팔짱 끼고 옆 걸음 쳐 놀부 사랑으로 향했다. 대문간 다다르니 놀부 집은 그 사이에 재산이 더 늘어서 가세가 더욱 웅장했다. 수십 간 줄행랑을 일자로 지었는데, 한가운데 솟을대문 날아갈 듯 맵시 있고, 대문 안에 중문이요 중문 안에 벽문이 겹겹이 둘러쳐져 건장한 종놈들이 문마다 지켜 섰다. 그중에 마당쇠가 흥부를 알아보고 반겨 맞았다.

"아이고 작은 서방님, 마당쇠 문안 인사드립니다. 그동안 아씨 도련님들 다 무고하신지요?"

• **줄행랑** 대문의 좌우로 죽 벌여 있는 종의 방.

"오냐, 마당쇠야, 잘 있었더냐? 그동안 큰 서방님 안녕하시며 성정은 좀 어떠하시냐?"

"아이고 말도 마십시오. 작은 서방님 쫓아낸 뒤로는 꾀가 더욱 바짝 나서 제사도 돈으로 대신 바친답니다."

"아니, 제사를 어찌 돈으로 바친단 말이냐?"

"제삿날이면 제기에다 엽전을 한 주먹씩 가득히 담아 놓고 술이라, 과실이라, 어포, 육포, 인절미라, 어전, 육전, 편적, 산적, 생선이라, 탕국이라, 채소라 하며 말끔히 찌를 붙여 어동육서, 홍동백서, 동두서미, 내탕외과, 좌포우혜 늘어놓고, 제사가 끝나면 제기는 싹 닦아 버리고 돈은 궤 속에다 도로 넣지요. 그러니 작은 도련님은 들어가시지 말아요. 만일 들어가셨다가는 몽둥이찜질만 당하실 테니 그냥 돌아가시는 게 상책입니다."

홍부가 그 말을 들으니 등에 찬물을 퍼 얹은 듯, 쥐덫이 덜컥 내려진 듯 온몸이 벌렁벌렁하고 간담이 서늘했다. 하지만 집에서 기다리는 식구들을 생각하면 하인 말만 듣고 안 들어갈 수 없는 일이었다.

"여기까지 왔다가 형님을 안 뵙고 갈 수는 없지."

- 제기(祭器) 제사에 쓰는 그릇.
- 찌 기억을 위해 글을 써서 붙이는 좁고 길쭉한 종이쪽.
- 어동육서(魚東肉西) 생선은 동쪽에, 육류는 서쪽에 놓는 제사상 차림법.
- 홍동백서(紅東白西) 붉은 과실은 동쪽에, 흰 과실은 서쪽에 놓는 제사상 차림법.
- 동두서미(東頭西尾) 생선의 머리는 동쪽으로, 꼬리는 서쪽으로 하는 제사상 차림법.
- 내탕외과(內湯外果) 탕은 안쪽에, 과일은 바깥쪽에 놓는 제사상 차림법.
- 좌포우혜(左脯右醯) 포는 왼쪽에, 식혜는 오른쪽에 놓는 제사상 차림법.

顯考學生府君神位

탕 편 부 나물 육전 대추 밤 감 약과

흥부는 사랑으로 들어가 감히 대청에 올라가지는 못하고 섬돌 아래 엎드려 우물쭈물 문안을 올렸다.

"형님, 동생 흥부 문안이오."

놀부가 자리에 비스듬히 누웠다가 배 앓은 말이 머리 들 듯 고개를 번쩍 들었다.

"거 뉘시라고?"

"아이고, 형님. 해 전에 슬하를 떠난 흥부가 왔습니다."

"흥부? 흥부라. 가만, 일 년 새경 먼저 받고 모심을 때 도망한 놈은 황보였고, 쟁기질 보냈더니 소 몰고 도망한 놈은 숭보렷다. 흥부라니 암만해도 생각이 안 나는걸."

"아이고 형님, 동생 흥부를 모른단 말입니까?"

"오, 흥부! 그래, 네가 바로 그 흥부놈이냐. 이 도적놈아, 여긴 왜 또 왔단 말이냐?"

"형님 안녕하신지 문안이나 여쭈려고 왔습니다."

"야 그놈 말이 좋다. 편치 않으면 네가 내 대신 앓고 내 대신 죽을 테냐? 일없으니 썩 가거라."

그때 흥부는 어지간한 제 말솜씨로 놀부를 감동이나 시켜 보겠다고 고픈 배 틀어잡고 눈물 흘리며 애걸하기 시작했다. 두 손 합장 무릎을 꿇고,

"비나이다, 비나이다. 형님 앞에 비나이다. 형님이 저를 내보내심은 저를 미워하심이 아니라 형님 덕분에 놀고먹어 사람 될 길 없게 되자 따로 살며 고생하면 행여나 사람 될까 생각하여 하신 일이니 그 뜻을 어찌 모르리까."

"아무렴 그렇지. 사람 되라 한 일이지 미워서 쫓았을까."

"형님 슬하를 떠날 적에 우리 부부 언약한 게 있습니다. 밤낮으로 품을 팔아 돈푼이나 모으거든 흰떡 치고 찰떡 치고 영계 잡아 위에 얹어 내 등에 짊어지고, 찹쌀 청주 병에 넣어 아내 들고 형님 댁을 찾아가서 형님 형수님 잡수는 것 기어이 보고 오자 했지요."

"그렇지, 그래야지."

"그리 단단히 맹세했더니만 어찌 그리 복이 없는지 밤낮으로 일을 해도 돈 한 푼을 못 모으고 원치 않은 자식들만 스물아홉……."

"뭐? 자식이 또 늘었어? 에끼, 박살할 놈. 다른 일을 할 틈이 있어야 돈을 벌지!"

"어찌어찌하여 식구가 이러하니 살길이 막막합니다. 그저께 굶은 처자가 어제 아침을 그저 있고, 어제저녁도 굶은 처자가 오늘 아침도 못 먹었으니 만석꾼 형님 두고 굶어 죽기가 억울합니다. 쌀이 되거든 한 말만 주시고, 벼가 되거든 두 말만 주시고, 돈이 되거든 닷 냥만 주시고, 그도 정 못하시면 식은 밥이나 싸래기나 쌀겨나 술지게미나 한 가지만 주셔도 여러 날 굶은 처자식을 살리겠나이다. 형님 덕택에 살려 주오."

놀부가 듣더니만 흥부 하는 모양새가 달래서는 안 갈 테고 무엇을 주면 또 올 테니, 죽으면 차라리 굶어 죽지 맞아 죽을 생각은 없게 해야겠다 싶어서,

"야 그놈 불쌍하구나. 여봐라, 마당쇠야. 동편 곳간 문 열고 지리산에서 도끼 자루 하려고 쳐내 온 박달 몽둥이 이리 가져오고 대문 걸어라. 오늘 한 놈 잡을 놈 있다."

마당쇠가 몽둥이를 가져오자 놀부가 머리 위에 번쩍 들고서 두 눈을 부릅뜨며 소리쳤다.

"어따 이놈 흥부놈아! 하늘이 사람 낼 때 제각기 정한 분수가 있어서 잘난 놈은 부자 되고 못난 놈은 가난한데 내가 이리 잘사는 게 네 복을 뺏었느냐? 누구한테 떼쓰자고 이 흉년에 곡식을 달라느냐? 목멘 소리 내어 눈물방울이나 찍어 내면 네 잔꾀에 내가 속을 줄 알고! 어림 반 푼어치도 없다. 쌀 한 말이나 주자 한들 대청 큰 뒤주에 가득가득 들었으니 네놈 주자고 뒤주 헐며, 벼 한 말을 주자 한들 곳간 노적가리 태산같이 쌓였는데 네놈 주자고 노적가리를 헌단 말이냐? 돈냥을 주자 한들 궤짝에 가득가득 들었으니 네놈 주자고 돈 꾸러미를 헐며, 싸래기나 주자 한들 황계 백계 수백 마리가 밥 달라고 꼬꼬 우니 네놈 주자고 닭 굶기며, 지게미나 쌀겨나 양단간에 주자 한들 우리 안에 돼지 떼가 꿀꿀대니 네놈 주자고 돼지 굶기며, 식은 밥이나 주자한들 새끼 낳은 암캐들이 컹컹 짖고 내달으니 네놈 주자고 개를 굶긴단 말이냐?"

놀부는 말을 마치자마자 몽둥이를 들어 메더니 좁은 골에 벼락 치듯 후닥딱 뚝딱 동생을 두드려 패기 시작했다.

"아이고!"

"이 급살 맞아 죽을 놈아, 어째 나를 못살게 왔느냐!"

후닥딱!

"아이고!"

흥부가 도망을 하려 한들 대문을 닫아걸어 놓은 터라 날지도 뛰지도 못하고 그저 퍽퍽 맞을 뿐이었다. 흥부가 중문을 차고서 안으로 쫓겨 들어가며 소리쳤다.

"아이고 형수님, 사람 좀 살려 주세요."

하지만 놀부 아내는 독하기가 놀부보다 곱절은 더했다. 긴 담뱃대를 입에 물고 중문에 비켜서서 내내 구경하다가 흥부가 들어오는 걸 보고는 앞으로 썩 나가서 놀부를 나무랐다.

"아니, 아주 다리를 톡 꺾어 놔야 다시는 안 올 텐데 어찌 때렸길래 안에까지 들어오게 한단 말이오."

흥부가 안뜰에 엎드려서 우느라고 나가지를 않으니 놀부 아내가 부엌으로 들어가 밥주걱을 찾아들고 나와서는,

"한 달 서른 날, 돈 달라 쌀 달라 세상만사가 귀찮아 못 살겠네. 옜다, 돈! 옜다, 쌀!"

아주 구령을 붙여 가며 밥주걱으로 흥부 뺨을 징이라도 치듯 쳐 대는 것이었다. 흥부가 형수한테 뺨을 맞고 나니 정신이 아득해지는 것이 형님한테 맞은 것은 맞은 것도 아니었다. 곰곰 생각을 하니 하늘이 빙빙 돌고 땅이 툭 꺼지는 듯 분하고 원통했다. 흥부가 우루루루 형님

앞에 가 엎드러져서 통곡을 하며 소리쳤다.

"아이고 형님, 들으시오. 형수가 시동생 뺨 치는 법을 세상천지 어디서 보았습니까? 차라리 아주 죽어 주시오. 내 죽으면 염라국을 찾아가서 부모님 뵈옵는 날 이 원통함을 내가 다 아뢰려오. 지리산 호랑아, 박흥부 물어 가거라. 굶주리기도 나는 싫고 세상 살기도 다 귀찮다."

그러거나 말거나 놀부는 들은 척 만 척,

"마당쇠야. 내 저 놈 보기 싫다. 밖으로 끌어내고 대문 걸어 잠가라."

마당쇠가 딱한 흥부를 배웅해서 흥부 집까지 모시고 가고 싶으나 놀부가 겁이 나 차마 못 가고서 대문 밖에 나와 눈물로 흥부를 작별했다. 마당쇠가 흥부를 비틀비틀 보내 놓고서 대문 안에 들어서자 놀부가 말했다.

"그놈 갔으면 집가심 겸해 집안 좀 깨끗이 치워라."

마당쇠는 안으로 들어가는 놀부를 한참 흘겨보고 서 있다가,

"허허, 저런 말 좀 봐. 제 동생 내보내고 집가심하라니! 송장을 내보냈나, 집가심하게. 우리나라가 예의동방 군자지국이라는데 어디서 저런 못된 놈이 생겼을까. 하느님도 무심하시지. 생벼락을 탁 쳐서 죽이지를 않으시니 말이야. 그 흔한 놈의 염병도 이놈의 집구석에는 안 덤비니 염병 귀신도 겁이 나서 못 덤비나, 지옥사자들이 낮잠을 자나. 에라, 이놈의 것. 다른 집에

는 귀신 쫓는 경을 읽는다더라만 이놈의 집에는 내가 귀신 청하는 경이라도 읽어 온갖 잡신을 다 불러들여 저놈 죽는 꼴을 봐야겠다."

마당쇠가 두 무릎을 단정히 꿇고 앉아 귀신 청하는 경을 지어내어 비는데 그 모양이 볼만했다.

"천상팔방 삼십삼천 천강지살 제신이며, 일월성신 이십팔숙 각항저방 신장님네, 지상오행 오방신장 여래보살 오백라한, 삼불제석 금강신장 성황당 토신이며, 성주조왕 터줏대감 우두나찰 마두나찰, 염라국 사자, 북망산 원귀고혼, 수두손님 홍역마마, 학질, 괴질, 황달, 흑달, 치질, 등창, 가슴앓이, 뇌점, 아구창, 연주창, 주마담, 나력, 발치, 치질, 산증, 임질, 당창, 장감, 쥐통 역신님네 시급히 발동하여 놀부놈 좀 잡아가시오."

* **집가심** 초상집에서 상여가 나간 뒤에 무당을 불러 집 안의 악한 기운을 깨끗이 가시도록 물리치는 일.
* **지옥사자(地獄使者)** 사람이 죽은 뒤 그 넋을 지옥으로 잡아가는 심부름을 한다는, 억세고 사납게 생긴 귀신.
* **천상팔방~원귀고혼** 하늘과 땅, 이승과 저승에 있는 수많은 신을 나열한 것.
* **수두손님~쥐통** 역신(疫神)이 옮긴다는 수많은 병의 이름을 나열한 것.

딸도 재산 상속을 받았다?

형제 사이인데도 놀부는 차고 넘치는 재산을 가졌고 흥부는 찢어지도록 가난합니다.
이는 부모님의 재산을 놀부가 모두 독차지했기 때문인데요, 조선 시대에는 맏아들이
재산 전부를 상속받도록 법으로 정해져 있었을까요? 조선의 헌법인 《경국대전》에
따르면 꼭 그랬던 것은 아닙니다. 그 내용을 한번 살펴볼까요?

자녀 균분 상속에서 장자 상속으로

조선 중기까지는 자녀 모두 부모의 재산을 동등하
게 물려받을 수 있었습니다. 적자와 서자는 차별을
두었지만 첫째나 둘째, 아들과 딸은 차별 없이 재
산을 받았지요. 나라에서 자녀 균분 상속을 보장
했고, 세종 대왕은 "부모가 모두 죽은 후 어머니가
같은 형제이면서 노비와 재산을 다 차지할 욕심으
로 혼인한 여자 형제에게 재산을 나누어 주기를 꺼
리는 자는 엄중히 처벌하도록 하라."는 전교를 내리
기도 했습니다. 그렇지만 조선 후기에 이르러 차츰
대를 잇는 장자가 재산 대부분을 상속하게 되었습
니다. 조상에 대한 제사를 맏아들이 전담하면서 그
에 상응하는 대가로 상속을 받은 것이지요.

제사와 상속

자식에게는 부모님 살아 계실 때 봉양을 다
하고, 돌아가신 후에는 제사를 잘 지내야 하
는 의무가 있었습니다. 자녀 균분 상속이 이
루어질 때에는 자녀들이 돌아가며 부모님
제사를 지냈다고 합니다. 그렇지만 조선 후
기에 《주자가례(朱子家禮)》가 보급됨에 따라
적자 중에서도 장자가 제사를 모시는 경우
가 늘어났지요. 이러한 제사 상속의 변화가
결국은 재산 상속의 변화를 가져왔습니다.

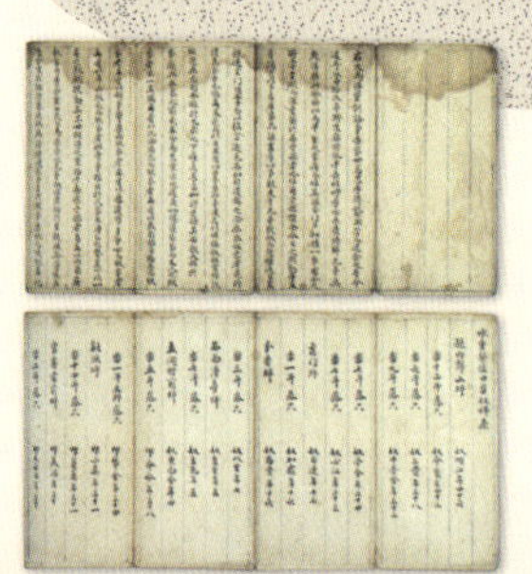

〈분재기(分財記)〉, 죽음을 앞두고
자녀들에게 재산을 분배하기 위해
작성한 기록, 국립중앙박물관 소장.

딸에게도 재산을 나누어 줬다면, 결혼 후에는 어떻게 관리되나요?

상속을 받은 딸이 결혼을 하더라도 그 재산은 따로 가질 수 있었습니다. 부인의 재산은 남편의 재산과 별도로 관리가 되었던 것이지요. 《조선왕조실록》을 보면 '○○○의 처 ○○○ 씨의 노비'라는 식으로 노비의 소유주가 부인이었음을 밝혀 둔 경우가 많답니다.

자녀 균분 상속은 어떻게 이루어졌나요?

조선 중기까지는 본부인이 낳은 자식일 경우 모두에게 같은 양의 재산을 분배했는데, 제사를 지내는 자식에게는 5분의 1 정도의 재산을 더 주었다고 합니다. 한편 양인인 첩에게서 난 자식에게는 재산의 7분의 1, 천인 신분의 첩에게서 난 자식에게는 재산의 10분의 1을 상속했다고 합니다.

어떤 것들을 재산으로 상속했나요?

상속하는 재산은 주로 노비와 토지였습니다. 노비는 고려 시대 훨씬 이전부터 재산으로 여겼으며 지배층의 신분을 유지하기 위한 중요한 수단의 하나였지요. 조선 시대에는 '전답 1부(負)가 노비 1구(口)'라 하여 토지와 노비의 교환비를 정하기도 했습니다. 노비의 경우 노동력과 나이를 고려해 분배했습니다. 토지의 경우 면적, 수확량, 비옥도 등을 엄밀하게 계산해 나누었다고 합니다. 이 밖에도 집, 소와 말, 솥이나 농기구, 금, 은, 일상 용품 등 거의 모든 재산이 상속 대상이었습니다.

복이라 하는 것은 임자가 없는 것

그때 흥부 아내는 굶은 가장 보내 놓고 눈물짓고 앉았는데 어느새 밥 때가 되었다. 자식들이 멍석을 쓴 채로,

"어매, 밥! 어매, 밥!"

"어매, 밥! 어매, 밥!"

밥을 찾는 소리가 영락없이 비 오려는 날 방죽에 개구리 우는 소리

였다. 흥부 아내 기가 막혀 막둥이를 업고서 남편을 기다리기 시작한다. 하마 오는가 싶어 문밖에 나섰다 들어왔다 나섰다 들어왔다 하다 보니 날이 다 저무는데 한참 후에 흥부가 허리를 웅크리고서 비틀비틀 들어왔다. 흥부 아내가 달려들어 남편 손을 잡으며,

"여보, 어찌 이리 더디었어요?"

"날 긴드리지 마오."

"여보, 돈이나 곡식이나 아무것도 못 얻어 왔어요?"

흥부가 이 말을 듣자 설움이 더욱 복받쳤지만 사실대로 말을 하자니 형의 흉이 나타나고 처자식 마음이 상할 일이었다. 흥부가 잠시 생각하더니 이렇게 말을 지어냈다.

"내 말 좀 들어 봐요. 내가 형님 댁에 가서 문안을 올리니 형님이 반가워 눈물까지 흘리시며 맞이하더이다. 자기가 술김에 동생을 좀 나무랐다고 처자를 데리고 나간 뒤로 소식이 없으니 그런 법이 어디 있느냐고 단단히 꾸중을 들었지. 형수님도 반기시며 안부를 물은 뒤에 어느 결에 닭을 잡아 점심을 가져오셨다오. 형님이 우리 형제 한 상에서 밥 먹은 때가 언제냐며 어서 먹자 하시는데 반찬이 하도 좋아서 어찌

나 많이 먹었나 몰라. 내가 그만 건너온다고 하니까 하인들이 들에 갔다고 걱정을 하시면서 쌀 닷 말 돈 서른 냥을 형수 시켜 주시지 뭐요. 내가 쌀 속에 돈을 넣어 몽똥그려 짊어지고서 허둥지둥 건너오는데, 아 글쎄 저 너머 고개에서 난데없는 십여 명 도적놈이 나서더니 '네 이놈 흥부야, 이놈, 돈이 중하냐 목숨이 크냐.' 호령하더니 뺨 한 주먹에 대번 쥐가 일어나고 정신 차릴 길이 없습디다. 돈이고 곡식이고 다 빼앗기고 몽둥이로 죽도록 맞고 왔지 뭐요."

흥부 아내가 남편을 자세히 살펴보니 쑥 들어간 두 눈가에 눈물이 그렁그렁하고, 간신히 살 가린 바지 뒤폭이 툭 무너져 바싹 마른 볼기짝에 몽둥이 맞은 자국에 피가 곧 솟을 듯했다. 흥부 아내가 미친 듯이 두 손뼉을 땅땅 치며,

"어허 이것이 웬일인가. 그런대도 내가 알고 저런대도 내가 알아요. 시숙님 속도 알고 동서 속도 내가 압니다. 동냥은 못 줄망정 쪽박조차 깬다더니 여러 날 굶은 동생 안 주면 그만인걸 이 모양이 웬일인가. 하늘 아래 어떤 도적놈도 이보다는 성현이요, 어떤 미치광이도 여기 대면 군자일세. 세상천지 간에 이런 일이 또 있는가. 가기 싫다 하시는 걸 방정맞은 마누라가 굳이 가라고 우겼다가 이 지경을 당했네. 성현 말씀에 나라가 어려우면 어진 재상이 필요하고, 집안이 가난하면 현명한 아내가 필요하다고 하는데, 내가 얼마나 못났으면 불쌍한 우리 가장을 못 먹이고 못 입힐까. 가장은 복이 없어 내 죄로 굶거니와 철모르는 자식 모습 목이 메어 못 보겠네. 차라리 내가 죽어 이 꼴 저 꼴 안 보리라."

치마끈으로 목을 매어 죽으려고 들었다. 흥부가 기가 막혀 아내의 손을 잡더니,

"아이고 여보, 이것이 웬일이요. 부인의 평생 신세가 가장인 나에게 매였는데 박복한 나를 만나 이 고생을 당하게 하니 내가 먼저 죽으려네."

허리띠를 끌러 내어 서까래에다 목을 매니 흥부 아내 깜짝 놀라 우루루루 달려들어 흥부를 부여잡았다.

"아이고 서방님, 이리 말아요. 내가 다시는 안 울 테니 이러지 말아요."

둘이서 서로 붙들고 울자 자식들까지 따라 울기 시작했다. 온 집안이 울음으로 가득하니 영락없이 초상난 집 모양이었다.

그때였다. 어디선가 홀연히 스님 하나가 나타나 내려오는데 그 모양도 볼만했다. 하얗게 새고 길게 늘어진 두 눈썹이 얼굴을 온통 덮었고, 크나큰 두 귓밥은 양 어깨에 닿을 듯했다. 누덕누덕 지은 장삼에 실띠를 두르고, 다 떨어진 송낙을 이리 꿰매고 저리 꿰매어 호호 푹 눌러 썼다. 동냥을 얻으면 무엇에다 받아 갈지 그릇이든 바랑이든 하나도 안 가지고서 개미 하나 안 밟히게 발자국을 가만가만 가려 디디며,

"나무아미타불 관세음보살."

염불을 하며 내려오는 것이었다.

스님이 흥부 집 앞에 이르자 처량한 울음소리가 귀에 쟁쟁 들려왔다. 스님이 가만히 들어 보니 죽고 사는 일이 분간이 되지 않았다. 스

● **장삼**(長衫) 길이가 길고, 품과 소매가 넓은 승려의 웃옷.
● **송낙** 지의류 식물인 송라를 우산 모양으로 엮어 만든 모자.

님이 목탁을 두드리며 주인을 찾았다.

"지나가는 걸승이 어진 댁을 왔사오니 동냥 한 줌 주옵소서. 나무아미타불."

흥부가 눈물을 씻고 나가 맞이했다.

"대사님이 오셨으나 내 집을 한번 둘러보세요. 장대를 가져와 휘두른다 해도 걸릴 물건이라고는 안에 전혀 없습니다. 저희 사정이 이러하니 드릴 것이 없습니다."

"소승이 하찮은 걸승이오나 댁에 들어선즉 울음소리가 가득하니 어쩐 곡절로 우십니까?"

"대사님이 들으셨다니 어찌 속이리까. 자식은 많고 집은 가난하여 배들이 고파서 내외간에 서로 죽음을 다투며 울었습니다."

"불쌍하신 말씀입니다. 하지만 복이라 하는 것은 임자가 없는 것이지요. 무지한 소승의 말을 들으실 양이면 집터 하나를 잡아 드릴 테니 제 뒤를 따르소서."

흥부가 좋아라고 스님 뒤를 따르자 스님이 한참을 가다가 한 곳에 우뚝 섰다. 스님이 뒤로는 산이 병풍처럼 둘렀고 앞으로는 물이 흐르는 배산임수(背山臨水) 좋은 땅에 집터를 마련하는데 명당의 기운이 뚜렷했다.

"이 명당을 아십니까? 이 터에다 집을 짓고서 편안한 마음으로 생활하면 집안 형편이 훌쩍 일어나 큰 부자가 될 것이고 자손이 번창하여 삼대에 걸쳐 진사를 하고 오대에 걸쳐 장원 급제가 나올 것입니다."

스님이 말을 마친 뒤, 기둥을 세울 자리에 표시를 해 놓고 한두 걸음 나가는 듯하더니 문득 간 곳이 없이 사라졌다. 흥부가 그제야 도승인 줄 짐작하고 공중을 향해 수없이 사례했다. 흥부는 그동안 살던 움막을 뜯어서 스님이 잡아 준 집터로 옮기고 수숫대를 잘 엮어서 새 집을 지었다. 집 모양은 예나 이제나 볼품없었지만 집을 옮긴 뒤로 집 안에 우환이 없어지고 부자한테 논마지기씩 소작도 얻게 돼서 살기가 나아졌다. 흥부가 신통하게 여겨 집에다 글을 써 붙이는데 그 모양이 이러했다.

"겨울 동(冬) 자, 갈 거(去) 자, 봄 춘(春) 자, 올 래(來) 자가 좋을시고. 나비 접(蝶) 자 펄펄 날아 춤출 무(舞) 자가 좋구나. 꾀꼬리 앵(鶯) 자 노래하니 노래 가(歌) 자가 즐겁네. 기는 건 짐승 수(獸) 자, 나는 건 새 조(鳥) 자가 쌍을 지어 가며 왕(往) 자, 오며 래(來) 자, 제비 연(燕) 자, 날 비(飛) 자가 좋구나."

글을 써 붙여 놓더니 스스로 좋아하는 것이었다.

"옳지, 이제 되었네. 이 터가 내 명당이다. 아무렴, 그렇고말고."

세월은 그렇게 흘러 그해 겨울이 다 지나가고 봄철이 다다랐다. 강남 갔던 제비들이 쌍쌍이 날아오는데, 그중 한 쌍이 흥부 집에 날아들어 처마 끝에 집을 짓기 시작했다. 흥부가 보고 좋아라고,

"반갑다 내 제비야. 좋은 집 다 버리고 조그만 우리 집을 이렇게 찾아오니 고맙구나, 내 제비."

제비가 알을 낳고 새끼를 쳐서 밥을 물어다 먹이며 사랑스레 노닐던 어느 날이었다. 천만뜻밖에 큰 구렁이가 집에 들어와 제비 새끼를 잡아먹기 시작했다. 흥부가 그 모습을 보고 깜짝 놀라 구렁이를 쫓기 시작했다.

"못됐구나, 저 구렁아. 연못마다 개구리 있고 곳곳에 새도 많은데 구태여 우리 집에 와서 제비 새끼를 먹는단 말이냐! 잘 드는 칼을 가

져다 네 허리를 자르리라.”

　흥부가 황급히 구렁이를 쫓고 보니 새끼 때문에 못 떠난 어미 제비도 죽었으며, 여섯 마리 새끼 가운데 다섯이 먹히고 한 마리만 남았다. 그런데 살아남은 제비가 혼자서 날기를 힘쓰다가 평상에 뚝 떨어져 발목이 지끈 부러진 채 피를 흘리며 발발 떨었다. 흥부 부부가 어진 마음에 제비 새끼를 주워 들고 탄식했다.

　“불쌍하다 제비야. 가련한 너의 목숨 구렁이한테 안 죽기에 명이 길다 여겼더니 이 지경이 웬일이냐. 우리 집이 가난하여 사람은 아니 찾아오나 너는 이렇게 찾아오니 가난 박대 안 하기는 너희 제비뿐이더라. 하필이면 궁벽한 박흥부 집 험한 곳에 태어나서 이 고생이 웬일이냐.”

흥부는 명태 껍질과 깨끗한 실을 얻어다가 부러진 다리를 정성껏 동여매 제비 집에 넣어 주며,

"제비야 죽지 말고 멀고 먼 강남 길을 부디 잘 가야 한다."

그것이 흥부 은혜를 갚을 제비인데 죽을 리가 없었다. 열흘 남짓 지내더니 다리가 나아서 날기 공부에 힘을 썼다. 구만 리 허공으로 높이 날아도 보고, 기나긴 맑은 강물에 배를 쓱 씻어도 보고, 평탄한 너른 들에 아장아장 걸어도 보고, 길게 매인 빨랫줄에 한들한들 놀아도 보고, 가랑비에 젖은 날개 실근실근 다듬어도 보았다. 흥부가 보고 좋아라고 나갔다가 들어오면 제비 집을 만져 보고 집 안에 있을 때는 제비와 함께 날을 보냈다.

어느새 시간이 흘러 칠월 팔월 다 지나니 이슬이 서리 되고 가을바람이 쓸쓸히 불기 시작했다. 구월 구일에 다다르자 귀뚜라미 울음소리 깊은 수심 자아내고 기러기 우는 소리 먼 데 소식 전해 왔다. 바야흐로 제비가 강남으로 가는 계절이니, 흥부가 제비를 떠나보내려 할 때 아쉬운 맘이 절로 났다.

"섭섭하다, 내 제비야. 이제 나를 버리고 가려느냐? 강남이 멀다고 하는데 며칠이면 다다를까. 내년 봄에 나오거든 꼭 우리 집을 찾아와야 한다."

제비 저도 흥부 집 마당을 나갔다 도로 들어오기를 거듭하니 이별이 서운한 듯하고, 지지주지 노는 양이 흥부한테 사례하는 듯했다. 이윽고 제비가 떠나가니 흥부가 본래 설움이 많은 사람이라 제비와 이별을 하면서도 슬픈 눈물이 고였다.

　제비들이 만 리 길을 날아서 강남을 들어갈 때 흥부 제비는 부러진 다리에 봉통이가 져서 절뚝이며 들어갔다. 그러자 이를 본 제비 왕이 호령했다.

　"너는 왜 다리가 봉통이 졌느냐?"

　"예, 어머니가 조선 땅 박흥부 집을 주인 삼고 저희 형제를 낳아 거의 날게 되었는데 무지한 구렁이가 어머니와 형제를 다 잡아먹고 다만 저 하나 남은 것이 혼자서 날기 공부 힘쓰다가 평상에 뚝 떨어져 다리가 부러져 죽게 되었는데 어진 흥부 덕택으로 이렇게 살았습니다. 어찌하면 은혜를 갚을까요? 아무쪼록 은혜를 갚게 해 주세요."

　"어명을 어기면 그런 변을 당하는 법이니라. 올해 봄에 너의 어미 나갈 적에 그날이 을사일(乙巳日)이라 불길하니 가지 말라 해도 네 어미가 고집을 피워 나가더니 뱀의 변을 당했구나. 그러나 흥부 씨는 세상의 군자로다. 흥부 씨 은혜를 갚으려면 내년 봄에 나갈 적에 보은표 박씨 하나를 갖다가 전해라."

　어느덧 겨울을 다 지내고 삼월 삼일이 다가왔다. 갖가지 짐승이 때를 맞춰 길을 나설 때 다리 봉통이 진 흥부 제비도 왕한테 절을 하고 보은표 박씨를 얻어 물고서 길을 나섰다. 흥부 제비가 만 리 조선을 향하는데 오는 길이 꼭 이러했다.

● **강남(江南)** 중국 양쯔 강(揚子江)의 남쪽 지역을 이르는 말. 흔히 남쪽의 먼 곳이라는 뜻으로 쓴다.
● **봉통이** 부러진 데에 상처가 나으면서 살이 고르지 않게 붙어 도톰해진 것.
● **보은표(報恩瓢)** 은혜를 갚는 박.

검은 구름 박차고 흰 구름 무릅쓰고
공중에 둥실 높이 떠 두루 사방을 살펴보니
서촉(西蜀)은 지척이고 동해가 아득하다.
축융봉을 올라가니 주작(朱雀)이 넘논다.
상익토 오작교를 바라보니 오초 동남(吳楚東南) 가는 배는
북을 둥둥 울리며 어기야 자아 어기야 히야 저어 가고,
날아오는 저 기러기 갈대를 입에다 물고 점점이 멀어진다.
회안봉을 넘어 황릉묘 들어가 소상반죽 대나무 가지에
쉬어 앉아 두견소리 화답하고 봉황대에 올라가니.
봉황은 날아가고 누대는 비었는데 강물만 스스로 흐르며,
황학루 올라가니 금빛 학은 한번 간 뒤로 돌아오지 않고

흰 구름만 유유히 천년을 흐른다.
금릉(金陵)을 지나서 주사촌 들어간 뒤 이수(二水)를 건너
종남산을 지나 계명산 올라서니 신선은 간 곳 없고
남병산을 올라가니 칠성당 빌던 터다.
연제지간(燕齊之間)을 지나서 갈석산을 넘어
연경(燕京)을 들어가 황극전에 올라앉아 장안을 구경하고
정양문 내달아 상달문을 지나 봉관에 들어간 후
요동 칠백 리를 순식간에 지난다.

● 봉황은~흐르며 봉거대공강자류(鳳去坮空江自流). 이백의 시 〈금릉 봉황대에 올라〉의 한 구절.
● 금빛~흐른다 황학일거불부반(黃鶴一去不復返) 백운천재공유유(白雲千載空悠悠). 최호(崔顥)의 시 〈황학
루에 올라〉의 한 대목.

압록강을 건너 의주에 다다라 영고탑 통군정 구경하고,
안남산 밖남산 석벽강 용천강 좌우령을 넘어 들어
부산 파발 환마 고개 강동 다리 건너 평양.연광정 부벽루를 구경하고,
대동강 장림을 지나서 송도(松都)를 들어가
만월대 선죽교 박연폭포 구경하고,
임진강 건너 삼각산 올라 도성(都城)을 살펴보니
문물이 찬란하고 풍속이 즐거워서 만만세의 도읍지가 분명하다.
남쪽으로 바라보니 경상도는 함양이요 전라도는 운봉인데,
운봉 함양 어름이 흥부가 사는 곳이다.
저 제비 박씨를 물고 남대문 밖 썩 내달아

칠패, 팔패, 청파, 배다리, 애오개를 얼른 넘어
동작강을 건너 남태령을 넘어 두 죽지 옆에 끼고 공중에 둥둥.
흥부 집에 이르러 반갑다고 너울너울 노는 거동이 이러하다.
북해 흑룡이 여의주를 물고 오색구름을 넘노는 듯.
단산의 봉황 대나무 열매 물고 오동 속에 넘노는 듯.
꾀꼬리 난초를 물고 소나무 위에 넘노는 듯.

드디어 제비가 흥부 집 안으로 훌쩍 날아들더니 들보 위에 올라앉아 제비 말로 울기 시작했다.

“지지지지 주지주지 거지년지 우지배요, 낙지각지 절지연지 은지덕지 수지차로 함지표지 래지배요. 빼드드드드드드.”

흥부가 듣고 놀라 가만히 살펴보니 다리 부러진 자취가 완연하고 실로 감은 흔적이 아리롱 아리롱 하니 작년에 떠난 그 제비가 분명했다.

“반갑다 내 제비. 어디를 갔다 이제 오나. 얼씨구나, 내 제비! 강남이 좋다던데 어찌하여 다 버리고 누추한 우리 집을 허위허위 찾아오나. 어서 와라 내 제비야. 인심은 간사하여 한번 가면 잊건마는 너는 이리 신의 있어 옛 주인을 찾아왔구나. 하늘에 물어본들 구름한테 물어본들 소식을 알 수 없으니 먼 길 무사히 갔는지 걱정을 놓지 못하다가, 이제 네가 고향이라고 나를 찾아서 돌아오니 하늘의 이치가 그저 고맙구나.”

그때 제비 하는 거동이 심상치 않았다. 과연 보은표 박씨를 흥부 내외 앉은 앞에다 떼그르르르르 떨쳐 놓고 들어갔다 나갔다, 나갔다 들어갔다 이리저리 넘놀았다. 제비가 뚝 떨어뜨린 것을 흥부 아내가 주워 들고 살펴보더니,

“애개, 이것이 무슨 씨앗일까? 아마도 이게 강남 오이씨인가 봐요.”

흥부가 듣고서 하는 말이,

“오이씨란 말이 당치 않아요. 강남땅에 무슨 오이가 있으며 오이씨가 이렇게 클까.”

“그러면 이게 강낭콩이 아닐까요?”

"아니 그것도 아닌걸. 강낭콩은 훨씬 넓고 복판이 불룩하며 가에 흰 테가 둘렀으니 모양이 다르지요."

"그럼 이게 무슨 씨란 말인가요?"

흥부가 박씨를 자세히 보더니,

"응? 여기 글씨가 쓰여 있네! 갚을 보(報), 은혜 은(恩), 박 표(瓢), 보은표라. 보은표, 보은표……. 아하, 이 제비가 공주, 노성, 은진으로 온 게 아니라 보은(報恩), 옥천, 연산 쪽으로 돌아서 왔나 보오. 충청도 보은 고을에 대추가 좋단 말은 들었으나 박이 좋단 말은 금시초문인걸. 그러나저러나 강남 박이든지 보은 박이든지 이렇게 물고 온 게 기특하니 심어 봅시다."

흥부 내외는 뒤뜰 햇볕 잘 드는 곳에 구덩이를 깊이 파고 거름을 놓아 박씨를 또닥또닥 단단히 심었다.

박씨를 심은 지 며칠 만에 박 순이 솟아나더니 쑥쑥 자라나기 시작했다. 박 넝쿨이 굵직굵직 밧줄처럼 곧게 뻗어서 초가집을 꽉꽉 얽어 놓으니 땅이 흔들린다 해도 집이 무너질 리 없고, 삿갓만 한 잎사귀가 지붕을 뒤덮으니 구 년 홍수가 난다 해도 비 한 점 샐 리 없었다. 이처럼 동네 사람 다 모르게 흥부가 벌써부터 박의 덕을 보기 시작하는 것이었다.

● 거지년지(去之年之) 우지배(又之拜)요, 낙지각지(落之脚之) 절지연지(折之燕之) 은지덕지(恩之德之) 수지차(酬之次)로 함지표지(含之瓢之) 래지배(來之拜) 제비의 울음소리를 표현한 말. 풀어 쓰면, 떨어져 다리가 부러진 것을 구한 은덕을 갚으러 박씨를 물고 와서 절한다는 뜻이 된다.

부자 놀부가 될래, 가난한 흥부가 될래?

《흥부전》의 배경이 된 조선 후기는 상업과 경제가 발달하면서 가난과 부에 대한
인식이 달라졌습니다. 몰락하여 끼니를 걱정할 만큼 가난한 양반이 생겨나는가 하면,
장사로 돈을 많이 벌어서 부유해진 평민도 있었습니다. 《흥부전》의 흥부와 놀부는
각각 당시의 몰락한 양반과 부자가 된 평민의 모습을 대변하고 있습니다.
오늘날 부(富)는 누구나 추구하는 가치가 되었습니다. 하지만 물질적인 부보다
정신적인 부를 선택하는 사람들도 있지요.

물질적 가난과 사회적 가난

토마스 아퀴나스는 "가난은 여분의 결핍이고, 비참은 필요의 결핍이다."라고 정의했습니다. 그렇지만 삶에 꼭 필요한 것이 아니더라도 주위 사람들이 다 가지고 있는 것을 내가 가지지 못한 경우에 우리는 상대적 박탈감과 그로 인한 비참함을 느낄 수 있습니다. 이처럼 가난은 사유 재산 제도와 함께 두드러졌습니다. 개인은 사회 속에서 더 부자인 사람과 더 가난한 사람으로 나뉘었는데, 이러한 현상은 현대에 들어와 더 심화되었지요. 가난은 문명화되지 못한 상태, 교육받지 못한 상태, 게으름, 열등함, 범죄와 동일시되기까지 합니다. 물질적인 가난이 마음을 황폐하게 해서 정신적인 가난을 만들기도 하는 것이지요.

자급자족할 수 없게 되면서 가난을 알았어요

"1960년대까지만 해도 우리는 운 좋은 사람들이었소. 필요한 것을 모두 스스로 얻을 수 있는 땅에서 살았으니까. 하지만 수력 발전소가 들어오면서 우리의 전 재산인 땅 160만 에이커를 망쳐 놓았소. 그때부터 우리는 가난이 무엇인지 알았소."

캐나다의 이누이트족

가뭄과 전쟁이 가난의 고통을 함께 가져왔지요

"지구상에는 빈곤과 기아로 고통받는 8억 명의 사람들이 있습니다. 우리 또한 한 공기의 열량도 채 못 되는 음식으로 하루를 버틴답니다. 가뭄이나 전쟁으로 굶어 죽는 사람만도 한 해에 3600만 명이나 됩니다."

아프리카의 기아

자발적 가난과 정신적 풍요

소크라테스는 "가난이란 안락한 것이다. 가난은 아무런 욕망도 아무런 갈등도 야기하지 않기 때문이다."라고 했습니다. 소유하지 않는 삶이 욕심과 집착에서 벗어나는 길이라는 것을 깨달은 사람들은 정신적인 평화와 성장을 위해 자발적으로 가난의 길을 택하기도 합니다. 불교의 수행자들에게 가난은 수행의 한 방법이지요. 무소유의 철학을 가진 일반인도 공동체를 이루어 서로 협동하여 자연과 더불어 살아가기도 합니다.

옛사람들의 질박한 삶

짚방석 내지 마라, 낙엽엔들 못 앉으랴.
솔불 켜지 마라, 어제 진 달 돋아 온다.
아해야, 박주산채일망정 없다 말고 내어라.

조선 중기의 서예가 한호의 시조입니다. 박주산채(薄酒山菜)는 '맛이 떨어지고 질이 나쁜 술과 산나물'로, 값싼 술과 안줏거리를 의미합니다. 물질적으로는 가난해도 자연과 더불어 살기에 정신적으로는 풍요로운 삶을 그리고 있습니다. 이는 조선 사대부들이 추구했던 부와 가난에 대한 가치를 보여 줍니다.

〈산골살이〉, 허연.

검소함의 미덕

낭비와 절약, 소비와 저축, 둘 중에 어느 것이 더 좋은 것이냐고 물어본다면 사람들은 어떻게 대답할까요? 아무리 물질 만능 사회라고 하지만 도덕적으로는 검소함이 미덕으로 칭송받습니다. 하지만 요즘 들어 삶을 즐길 만큼의 소비는 개인적·사회적으로 득이 되는 반면, 지나친 절약은 고리타분한 것으로 여겨지기도 합니다.

무소유의 철학

간디는 "대지는 각자의 필요에 만족할 만큼 식량을 충분히 공급한다. 그러나 각자의 탐욕을 만족시킬 만큼 식량은 충분하지 않다."라고 했지요. 물질 만능 주의가 팽배한 현대 사회에 실망하고 염증을 느낀 사람들은 물질적인 부로는 채워지지 않는 영혼의 공허함을 채울 수 있는 삶을 바랍니다. 스콧 니어링과 헬렌 니어링 부부는 자연에서 자급자족하며, 이윤을 남기는 대신에 이웃과 나누고, 사람은 물론 자연에게도 피해를 주지 않는 조화로운 삶을 추구하며 현대 사회에서도 전혀 다른 방식의 삶이 가능하다는 것을 보여 주었습니다.

스콧 니어링과 헬렌 니어링 부부.

슬근슬근 톱질이야, 어여루 톱질이야

그럭저럭 세월이 흘러 팔월 한가위 좋은 시절이 다다랐다. 집집마다 술을 거른다 떡을 친다 지지고 볶느라고 피시시 피시시, 고소한 냄새가 코 난간을 허무는데 흥부 집은 냉랭하여 찬 바람만 불었다. 자식들은 밥을 달라 떡을 달라 조르는데 흥부는 마음 달랠 길이 없어 어디론가 나가 버리고, 흥부 아내가 졸며 앉았다가 갑자기 설움이 복받쳐서 신세 한탄을 펼쳐 내니 가난 타령이 되었다.

"가난이야, 가난이야, 원수의 가난이야. 어찌하면 잘 사는가. 복이라 하는 것은 어찌하면 잘 타는가. 어떤 사람은 팔자 좋아 고대광실 좋은 집에 부귀영화로 잘 사는데 내 팔자는 어찌하여 가장은 부황 나고 자식들은 굶을 지경이 되니 세상에 몹쓸 팔자로다. 애고애고 내 신세야."

그러자 자식들이 달려들어 우는 모친을 부여안고 말했다.

“아이고 어머니, 울지 말아요. 우리도 수십 형제나 되는데 복 있는 아이가 있지, 하나도 없겠어요? 울지 말아요.”

이렇듯 야단할 적에 흥부 열일곱 째 아들이 울고 들어오면서,

“어머니, 나 송편 세 개만 해 주어요.”

“이 녀석아, 떡은 왜 하필 세 개를 해 달라니?”

“애들이 송편을 먹길래 내가 좀 달랬더니 흙으로 송편을 만들어 주면서 그걸 다 먹으면 진짜 떡을 준답디다. 떡 하나 얻어먹으려고 흙 떡을 다 먹었는데 아이들이 떡을 아니 주고, 여러 녀석이 늘어서며 가랑이 사이로 기어 나오면 송편을 준답디다. 엎드려서 가랑이로 기어 나가는데 뒤엣놈이 앞에 와 서고, 그 뒤엣놈 앞에 와 서고, 또 그 뒤엣놈이 앞에 와 서서 한정이 없지 뭐예요. 송편은 고사하고 무릎이 해져 피만 났어요. 송편 세 개만 해 주면 내가 한 개는 입에 물고 두 개는 양손에 갈라 들고 그 녀석들을 놀려 주면서 먹으려고 그래요.”

흥부 아내 기가 막혀 목이 멨다.

“내 자식아, 쯔쯔쯔. 무엇하러 나갔단 말이냐? 세상에 몹쓸 애들이지. 못 먹이는 이 어미는 간장이 다 녹는데 굶어 죽게 생긴 자식을 그리 못살게 하더란 말이지? 울지 마라, 울지 마라! 불쌍한 내 자식아, 울지를 말아라.”

이때 흥부가 친구 덕분에 술을 두어 잔 얻어 마시고 집으로 들어오는 참이었다. 아내가 자식을 붙잡고 우는 것을 보더니,

"여보 이게 웬일이요? 배고픈 게 한이 되어 이리 운단 말인가? 울어서 배만 부를 수 있다면 온 식구가 늘어앉아 한평생이라도 울어 보겠지만 남 보기 부끄러운 울음을 어찌 이리 운단 말이요? 이 동네가 백여 집 되지만 부인 팔자가 제일이라오. 자식이 스물아홉에 나 같은 서방이 있으니 어찌 제일이 아닐까. 울지를 말고 저 박을 타서 박속은 끓여 먹고 바가지는 팔아서 잘 한번 살아 봅시다."

"아이고, 약주를 마신 터에 박을 어떻게 타려고요?"

"어허, 이 사람이 날 취한 사람으로 알고 있네. 내가 수백 잔을 먹어도 정신이 멀쩡하고 체통을 아는 사람인데 박 하나 못 탈까. 걱정 말고 타 봅시다."

흥부가 뒤뜰로 돌아가 박을 퉁겨 보니 팔구월 찬 이슬에 박이 꽉꽉 여물었다. 박 한 통을 따다 놓고 톱을 빌려다 박을 탈 제, 흥부 내외와 자식들 스물아홉까지 서른한 명 식구가 양쪽으로 늘어서서 슬근슬근 박을 타기 시작했다.

"시르렁 실근 톱질이야. 어여루 톱질이야. 어떤 사람은 팔자 좋아 부귀영화로 즐기는데 우리는 어찌하여 박을 타서 먹고사나. 에이여루 당겨 주소. 이 박을 타거들랑 아무것도 나오지를 말고 밥 한 통만 나오너라. 시르렁 시르렁 톱질이야."

흥부가 혼자서 흥을 내어 톱 소리를 하더니,

"여보, 당신이 톱 소리를 받아 줘야지."

“톱 소리를 받으려 해도 배가 고파 못하겠어요.”

“배가 정 고프거든 허리띠를 졸라매고 뒷소리를 받아 주오. 시르렁 실근 톱질이야.”

“시르렁 실근 톱질이야.”

“에이여루 당겨 주소. 시르르르르르르르 시르르르르르르 시르렁 시르렁 실근 시르렁 실근 당겨 주소.”

“시르렁 실근 톱질이야.”

“큰 자식은 저리 가고 작은 자식은 이리 와라. 우리가 이 박을 어서 타서 박속일랑 끓여 먹고 바가지는 팔아다가 목숨 보존 하자꾸나. 에이여루 톱질이야.”

“시르렁 실근 톱질이야.”

흥부 아내가 톱을 턱 놓으며,

“후유, 박이 원체 커서 한 번에 못 켜겠어요. 좀 쉬어서 해요.”

“그럽시다.”

“그런데 서방님, 우리가 일년 농사지은 박을 켜면서도 신세타령만 하니 맥이 빠져서 안 되겠어요. 좀 다른 노래를 하면서 탑시다.”

“옳거니! 평지에 지어도 절은 절이요 초상집 술에도 권주가 한다고, 모심을 때 상사소리와 밭맬 적에 김매기 노래 하듯이 내가 박 내력을 가지고 사설을 메겨 볼 테니 뒷소리를 잘 받으시오.”

* 권주가(勸酒歌) 술을 권하면서 부르는 노래.

"알았어요."

"시르렁 실근 톱질이야."

"어여루 톱질이야."

"성인님의 풍류 놀음 금석사죽 포토혁
목, 이 박이 아니면 팔음 화성이 어이 될까."

"어여루 톱질이야."

"안자의 안빈낙도 이 박이 아니며는 일표음(一瓢飮)을 어찌하며 소
부의 높은 절개 이 박이 아니며는 기산괘표(箕山卦瓢) 어이할까."

"어여루 톱질이야."

"인간대사 혼인할 제 박 술잔에 술을 치고 강산의 시인들은 박 술

동이 부딪치네. 우리도 이 박 타서 쌀도 일고 물도 뜨고 가지가지 잘

써 보세."

　"어여루 톱질이야."

　"시르렁 실근 당기어라. 시르렁 실근 시르렁 실근, 실근실근 실근실

근 식싹식싹!"

• **금석사죽**(金石絲竹) **포토혁목**(匏土革木), **팔음화성**(八音和聲) 여덟 가지 재료로 만든 국악기와 그것으로
  내는 소리. 금속으로 만든 악기 금부(金部)에는 편종, 나발, 꽹과리가 있고, 돌을 깎아 만든 악기 석부(石部)
  에는 편경이 있다. 실로 된 악기 사부(絲部)에는 거문고, 가야금, 해금이 있으며 대나무로 만든 악기 죽부
  (竹部)에는 대금, 단소가 있다. 박으로 만든 악기 포부(匏部)에는 생황이 있고 흙을 구워서 만든 악기 토부
  (土部)에는 훈, 부, 다각이 있다. 가죽을 씌워 만든 악기 혁부(革部)에는 장구, 북, 소고가 있고 나무로 만든
  타악기 목부(木部)에는 박과 어가 있다.

• **안자**(顏子)**의 안빈낙도**(安貧樂道) 공자의 제자인 안연(顏淵)은 가난했지만 욕심이 없었으므로 한 덩이 밥
  〔일단사(一簞食)〕과 한 바가지의 물〔일표음(一瓢飮)〕로도 편안히 지낼 수 있었다.

• **소부**(巢父)**의 높은 절개**(節槪) 소부와 허유는 중국 고대의 순임금 시절 사람으로 속세를 떠나 기산에 숨어
  살았는데, 재물이나 명예를 욕심내지 않는 은자(隱者)였다. 기산괘표는 하찮은 쪽박마저도 갖지 않고 강가
  에 놓고 간 허유의 이야기이다.

톱밥이 퍽! 박이 떡 벌어지는데 오색구름이 자욱하고 향취가 진동을 했다. 박을 탈 때면 여인네들이 하는 말이 있어, 흥부 아내가 얼른 박짝을 잡고,

"이 박일랑 소가 밟아도 깨지지 말고 말이 밟아도 깨지지 마라."
하면서 박을 딱 덮었는데 뜻밖에 박짝이 딸싹딸싹하더니 푸른 옷 입은 동자 한 쌍이 박을 가르며 걸어 나왔다.

"이 집이 박흥부 씨 댁인가요?"

흥부가 깜짝 놀라서,

"옛날 초나라 시절에 신선이 유자 속에서 바둑을 두었단 말은 들었어도 우리 조선 땅에서 박통 속에 동자 들었단 말은 들어 본 적이 없는데? 그런데 내 이름은 어찌 알며, 내가 풀밭에 누워도 진드기 한 마리 붙을 데 없는 사람인데 무엇하러 찾아왔을까?"

동자들이 흥부한테 절을 올리고서 말했다.

"삼신산 여러 선관이 모여 앉아 의논하시기를, 흥부 씨 높은 덕이 날짐승에까지 미쳤으니 그냥 있지 못한다 하시고 약을 보내셨습니다."

소매 속에서 병에 넣은 약과 종이에 싼 약을 차례로 내놓으면서,

"백옥병에 넣은 것은 죽은 사람 혼을 되돌리는 환혼주(還魂酒)고, 밀화 병에 넣은 것은 장님이 먹으면 눈이 밝아지는 개안주(開眼酒)입니다. 호박 병에 담은 것은 벙어리가 먹으면 말 잘하는 능언주(能言酒)이고, 산호 병에 넣은 것은 귀먹은 사람이 먹으면 귀가 열리는 벽이주(闢耳酒)랍니다. 설화지로 묶은 것은 죽지 않는 불사약(不死藥)이고, 금화지로 묶은 것은 늙지 않는 불로초(不老草)지요. 그 밖에도 만병통치 수

백 가지 약이 있는데 약 이름 옆에 쓰는 법을 써 놓았으니 잘 쓰시기 바랍니다. 저희는 선관님 분부로 용궁에 전할 편지가 있어 총총히 떠나니 부디 안녕히 계십시오."

고개를 숙이고 물러서더니 문득 간 곳 없이 사라졌다.

흥부가 선약을 자그마한 주머니에 넣어 꽉꽉 동여서 움막 시렁에 단단히 얹어 놓고서, 엎어져 있던 박짝을 뒤집어 보니 양쪽 박짝에 궤가 하나씩 붙어 있었다. 주홍칠 곱게 하고 용 거북 자물쇠를 단단히 채웠으며 오색실 매듭에 열쇠 달아 걸었는데 둘 다 뚜껑 위에 '박흥부 씨 개탁(開坼)'이라 써 있었다.

"이건 나보고 열어 보라는 말인걸."

"그럼 한번 열어 보아요."

흥부가 궤 두 짝을 열고 보니 한 궤에는 쌀이 수북히 들었는데 뚜껑 속에 백 년을 두고 퍼내도 줄지 않는 취지무궁지미(取之無窮之米)라 씌어 있고, 또 한 궤에는 돈이 가득 들었는데 평생을 꺼내 써도 줄지 않는 용지불갈지전(用之不渴之錢)이라 씌어 있었다. 흥부가 좋아라고 궤 두 짝을 붓기 시작하는데 그 모양이 이러했다.

흥부가 좋아라고 궤 두 짝을 떨어 붓고 닫아 놨다 열고 보면 도로 하나 가득하고, 돈과 쌀을 떨어 붓고 닫아 놨다 열고 보면 도로 하나

수북하고. 툭툭 털고 돌아섰다 돌아보면 도로 하나 가득하고. 떨어 붓고 돌아서면 도로 하나 수북. 떨어 붓고 돌아보면 도로 하나 가득. 도로 하나 수북! 도로 하나 가득!

"아이고 좋아 죽겠다. 일 년 삼백육십 일을 그저 꾸역꾸역 나오너라."

흥부가 신이 나서 어찌나 떨어 부었던지 쌀이 수수만 석이요 돈이 수수만 냥이었다.

"자 우리가 쌀 본 김에 밥을 좀 해 먹고서 궤짝을 떨어 붓든지 박을 또 타든지 해 보자. 우리 식구가 몇이지? 우리 내외에다가 자식 스물아홉, 모두 서른하나로구나. 하나 앞에 쌀 한 섬씩 서른한 섬을 밥을 짓자."

흥부네는 가난해서 가마솥도 없으니 동네에 가마솥 있는 집을 쫓아다니며 밥을 지어서 져다 붓고 져다 붓고 한 것이 거짓말을 조금 보태면 밥 더미가 남산만 했다. 흥부가 자식들한테 밥을 먹으라고 영을 내리는데,

"이 녀석들, 체하지 않게 조심해야 한다. 자, 먹어라."

말이 떨어지자마자 아이들이 온데간데없이 사라졌다.

"아이고, 이놈들 어디 갔느냐?"

흥부가 찾느라 야단이 났는데 조금 있다가 보니 아이들이 밥 속에서 튕겨 나오기 시작한다. 아이들이 오랜만에 보는 밥에 어찌나 넋이 나갔던지 밥 먹으란 소리에 총알 박히듯이 밥 속에 박혀서 당창벌이 거지 콧속 파먹듯 밥을 한껏 파먹고서 나오는 길이었다.

이제 흥부도 나서서 밥을 먹기로 드는데 아이들 보는 앞에서 체면

을 차려야 하니 밥한테 먼저 인사를 한다. 인사를 하기는 하는데 부아가 돌아서 노한 소리부터 나온다.

"밥님, 너 본 지 참 오래다. 네가 한 일을 생각하면 쳐다보기도 싫다만 그래도 그럴 수 없어 마주 앉았다만 사람을 그렇게 괄시한단 말이냐? 섭섭하다, 섭섭해! 세상인심이 간사해서 권력을 따른다 한들 너처럼 심할까. 세돗집 부잣집만 기어코 찾아가서 먹다 먹다 못 먹으면 돼지와 개를 주고 거위와 두루미와 심지어 오리 떼를 모두 먹이고도 많이 남아서 쉰다, 썩는다 야단하더구나. 그런데는 나와는 무슨 원수가 되어 사흘 나흘 예사로 굶어 뱃가죽이 등에 붙고 갈빗대가 따로 나와 두 눈이 캄캄하고 두 귀가 먹먹하여 누웠다 일어나면 정신이 아찔아찔, 앉았다 일어서면 두 다리가 벌렁벌렁. 말라죽게 되었어도 내 앞에는 전혀 오지 않고 냄새도 못 맡게 하더니 그럴 수가 있단 말이냐. 그런 법이 없느니라."

한참 이리 책망을 했는데 밥이 서운할까 도로 슬쩍 달래어 말하는데,

"허허, 내가 이리 말했다 해서 노여워하지 말아라. 어여뻐서 한 말이지 미워서 한 말이 아니야. 친구라는 것이 정이 중요한 것이지 일찍 만나고 늦게 만나는 것이 중요할까. 우리가 어찌 이리 늦게야 만났는가 몰라. 이제 떨어지지 말고 꼭 붙어서 살자꾸나. 애고고, 내 밥이야. 옥을 준들 너를 바꾸며 금을 준들 너를 바꿀까. 애고애고, 내 밥이야. 제발 덕분에 다정히 살아 보자."

이렇게 한참을 밥과 정을 붙이느라고 하니 이런 야단이 없었다. 드

取之無窮之米

디어 흥부가 밥을 먹는데, 흥부 집에 본래 숟가락이 없기도 하거니와, 하도 좋아서 손으로 밥을 뭉쳐서 공중에다 던져 놓고 콩 주머니 갖고 놀듯 손으로 던지고 입으로 받아서 밥을 먹으니 그 모양이 볼만했다.

흥부가 좋아라고 밥을 먹는다. 밥을 뭉쳐 공중에다 던져 놓고 받아 먹고, 밥을 뭉쳐 공중에다 던져 놓고 받아 먹고, 던져 놓고 받아 먹고, 던져 놓고 받아 먹고. 던져 놓고 받아 먹고, 던져 놓고 받아 먹고, 던지고 먹고, 던지고 먹고, 던지고 먹고, 던지고 먹고. 배가 점점 불러 오니 손이 차차 늘어진다. 던져, 놓고, 받아, 먹고, 던져, 놓고, 받아, 먹고, 더언져, 노오코, 바아다, 머억고……

흥부가 밥을 어찌나 먹었던지 볼이 부어올라 눈 언덕이 푹 꺼지고, 코가 뾰쪽하고, 아래턱이 축 늘어지고, 배꼽이 요강 꼭지 나오듯 쑥 솟아나와 배꼽에서는 후춧가루 같은 때가 두굴두굴 굴러 나오며 고개 가 뒤로 발딱 젖혀졌다.

"아이고 나 죽는다. 배고픈 것보다 더 못 살겠다. 아이고, 이런 것을 부자들은 배불러 어찌 사나."

"아이고 여보. 이게 웬일이요. 굶어서 다 죽어 가다 이제 겨우 살게 되었는데. 배 터져 죽으면 어쩔 것이오. 얘들아. 아버지 좀 주물러라. 아버지 배 터져 돌아가신단다."

흥부 마누라와 아이들이 달려들어 흥부를 주무르다가 굶던 배에 갑 자기 밥이 들어가니 탈이 난다 하여 온 식구가 숭늉을 한 그릇씩 끓여 먹었다. 그제서야 흥부가 다 죽어 가다가 겨우 정신을 차리고 이때부 터 돈 한 꿰미를 들고 춤을 추면서 노는데 그 모양이 또한 볼만했다.

"얼씨구, 절씨구. 얼씨구나 좋을시고. 얼씨구 절씨구, 지화자 좋네. 살았네 살았네, 박흥부가 살았네. 이놈의 돈아, 어디를 갔다가 이제 오느냐. 야야 큰자식아, 건넛마을 건너가서 큰아버지 모셔 오너라. 경사를 보아도 함께 봐야지. 여보시오, 불쌍하고 가련한 사람들, 박흥부를 찾아오소. 내가 오늘부터 가난 구제를 하려네. 얼씨구나 좋을시고. 여봐라 내 자식들아, 춤을 추어야지. 이런 경사가 어디 있어."

흥부 자식들이 춤을 추려 해도 춤 구경이나 제대로 한번 한 적이 없으니 출 줄을 알 리가 없다. 그저 기분대로 절굿공이 뛰듯 함부로덤부로 한참을 뛰어다니더니 한 아이가 외친다.

"아버지, 우리 춤 그만 추고 또 박 탑시다."

아이고, 박통 속에서 전쟁 났네

홍부가 다시 박을 타기 시작하는데, 이번에는 밥 타령으로 앞소리를
메기는 것이었다.

　"좋을시고, 좋을시고. 밥 먹으니 좋을시고."

　"어여루 톱질이야."

　"어느 나라, 어느 부자가 나만큼 먹었으며, 어느 시절 태평성대에 나
만큼 먹고 즐기던가."

　"슬근슬근 톱질이야."

　"만고에 영웅들도 밥 없으면 살 수 있나. 이 세상에 중한 것이 밥 말
고 또 있는가."

　"어여루 톱질이야."

　"강물에 둥둥 뜬 배가 수천 석을 실었은들 내 박 한 통을 당할까."

"슬근슬근 톱질이야."

"이 박을 타거들랑 은금보화만 나오너라. 이 박에서 나오는 보화는 우리 형님 드리런다."

그 소리를 딱 들으니 흥부 아내가 기가 막혀 기운이 빠지니, 톱 소리를 아니 받고 자리에 펄썩 주저앉았다.

"나 이 박 안 타려오. 동지섣달 찬 바람에 자식들 앞세우고 구박 당해 나오던 일을 관 속에 들어도 나는 못 잊습니다. 나 이 박 안 타요."

"그게 무슨 말이오? 형제는 한 몸인데 노여움이 어딨고 원망이 또 무얼까. 형님이 아차 하는 차에 돌아가시기라도 하면 평생 후회될 말을 어찌 한단 말이오. 부인 속이 이리 좁은 줄은 내가 정녕 몰랐네."

흥부 아내가 가만히 듣더니,

"그 말을 듣고 보니 내가 잘못 생각했나 봅니다. 다시는 그런 말 안 할 테니 어서 탑시다."

"어서 탑시다."

"시르렁 시르렁 당겨 주소. 시르렁 실근 톱질이야. 시르렁 실근 시르렁 실근실근, 실근실근 씽싹."

박을 딱 타 놓으니 이번에는 박통 속에서 비단이 막 내달아 나오는데, 비단 종류가 어찌나 많은지 꼭 이러했다.

삼백 길 부상을 번듯 돌아 햇빛 같은 일광단, 악양루 고소대에 이

태백의 달빛 같은 월광단, 서왕모의 복숭아 무늬 천도문, 세상 천하
산천초목을 그려 내는 지도문, 흰 눈이 가득할 제 소나무와 잣나무의
기상 어린 송백단, 태산에 오르니 천하가 작구나 공자님의 대단, 남양
초당 좋은 경치 천하 영웅의 와룡단, 천하가 요란하니 천둥 함성의 영
초단, 큰방 골방 가로닫이 국화 새긴 완자문, 초당 앞 꽃 계단의 머루
다래 포도문, 봄꽃이 활짝 피니 벌 나비 난다 화초단, 꽃 수풀 곁가지
에 얼크러진 넝쿨문, 통영 칠 자개 상에 안성 유기 대접문, 강구 노인

노랫소리 배부르다고 배 두드리는 함포단, 풍류남아 호걸들은 봄바람에 장원주, 알뜰 사랑 정든 임이 나를 버리고 가겨주, 두 손길 덥석 잡고 가지 말라 도리불수, 임 보내고 홀로 앉아 독수공방에 상사단, 가을 달 적막하니 공단이요, 깊은 산 골짜기에 무섭다 호피단, 쓰기 좋은 양태문, 인정 있는 인조사, 부귀다남 복수단, 걸식 과객 궁초단, 행실 부족 꾀초단, 절개 있는 모초단, 서부렁섭적 새발랑릉, 노방주, 청사, 홍사, 통견이며 백랑릉, 홍랑릉, 월하사주, 당포, 윤포, 세양포, 수

* **서왕모**(西王母) 중국 신화에 나오는 신녀(神女)로, 먹으면 죽지 않고 오래 산다는 약을 가진 선녀.
* **가로닫이** 가로로 여닫게 된 창이나 문.
* **부귀다남**(富貴多男) 재산이 많고 지위가 높으며 아들이 많다는 뜻.

주, 통오주, 성천 분주, 경상도 황저포, 매매 흥정에 갑사. 해주 원주 공주 옥구의 자주, 길주 명천 세마포, 강진 나주 극상세목이며 해남포, 도리마, 장성 모시, 한산 세모시, 생수 삼팔, 갑회, 고사관사, 청공단, 홍공단, 백공단, 흑공단, 송화공단까지 그저 꾸역꾸역 한없이 흘러나왔다.

흥부 아내가 소나무 꽃처럼 노란 송화색 비단 한 필을 얼른 들고서 하는 말이,

"아이갸, 그것 좋기도 하다. 이렇게 넓고 긴 비단을 어찌 짰을까? 이 비단 짜던 여인네 팔뚝이 꽤나 길었나 봐."

"여보소 부인, 그동안 잘 입어 보지 못하고 항상 옷 때문에 한이 되었으니 이제는 원대로 무슨 비단이든지 옷을 지어 입어 봐요. 비단 중에 어떤 것이 제일 좋던가?"

"뭐니 뭐니 해도 송화색 공단이 제일 좋지요."

"그럼 송화색으로 한번 꾸며 봐요."

흥부 아내가 의복을 차려입는데, 옷을 지어 입고 차리자면 며칠이 될 줄 모르니 우선 말로 차리는 것이었다.

"내가 송화색으로 의복을 차리는데, 송화색 댕기에 송화색 저고리, 송화색 치마에 송화색 단옷, 송화색 바지에 송화색 고쟁이, 송화색 속곳, 송화색 허리띠, 송화색 주머니, 송화색 노리개, 송화색 버선에 송화색 당혜, 송화색으로 수건을 드니 내 맵시가 어떠합니까?"

"그리 차리면 참 볼만하겠소. 버드나무 속에 꾀꼬리 새끼가 영락없지요."

"그러는 당신은 무얼로 의복을 해 입으려오?"

"나는 어디 한번 제비같이 차려 볼까."

"제비같이 차리다니요?"

"제비 은덕을 생각해서라도 흑공단으로 새까맣게 차려 볼 테니 내 맵시가 어떠할까 들어 봐요."

흥부가 망건에서부터 버선까지 흑공단으로 차려 보는데 말만 들어도 볼만했다.

"흑공단 망건에 흑공단 갓끈, 흑공단 저고리, 흑공단 허리띠, 흑공단 버선, 흑공단 대님, 흑공단 행전, 흑공단 토시, 흑공단 배자에 흑공단 주머니, 흑공단 쌈지, 흑공단 두루막, 흑공단 도포, 흑공단 당혜에 흑공단 부채를 손에 들면 이내 맵시가 어떻겠소?"

"그렇게 차려 입으면 꼭 까마귀 아들 같지요."

"하하하, 그 말이 영락없소. 그나저나 박 한 통 남은 것 마저 탑시다."

박 한 통을 더 타려 할 때 흥부 아내가 썩 나서면서,

"이 통 타는 박 소리는 내가 지어 메길 테니 당신은 뒷소리만 받으세요."

"가화만사성이라고, 당신이 이리 좋아하니 좋은 물건이 나올 것 같소. 한번 해 봅시다."

- **당혜(唐鞋)** 가죽신. 앞코와 뒤꿈치에 덩굴무늬를 새긴다.
- **배자(背子)** 겨울철에 저고리 위에 덧입는, 조끼처럼 생긴 옷.
- **가화만사성(家和萬事成)** 집안이 화목하면 모든 일이 잘 이루어진다는 뜻.

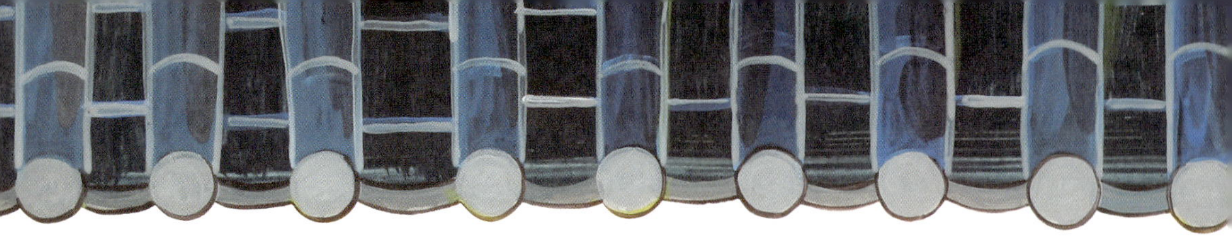

“실근실근 당겨 주소.”

“어여루 톱질이야.”

“어화 세상 사람들아 이내 한 말 들어 보소. 천지간 좋은 것이 부부 밖에 또 있는가.”

“어여루 톱질이야.”

“우리 부부 만난 후에 설운 고생 많이 했네. 여러 날 밥을 굶고 한겨울에 옷은 없고. 그 신세를 생각하면 벌써 아니 죽었을까.”

“어여루 톱질이야.”

“남편 하나 바라보고 오늘까지 살았더니, 하늘이 감동하여 밥 나오고 옷 나왔네. 늦복 좋은 우리 부부 호의호식 즐겨 봅시다.”

“어여루 톱질이야.”

“한 상에서 밥을 먹고 한방에서 잠잘 적에, 우리 서방 좋아라고 욕심낼 생각 마오. 아무라도 얼씬거리면 내 솜씨에 절단 나지.”

“실근실근 톱질이야.”

실근실근 시르렁 딱! 박이 탁 벌어지니 뜻밖에 박통 속에서 사람 소리가 수근수근 두

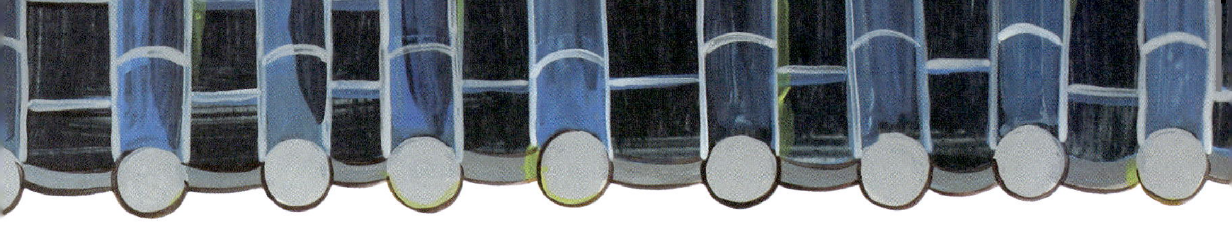

련두련 우근우근. 대포 소리가 꿍, 뚜두룽 탕 나니 흥부 부부가 깜짝 놀라,

"아이고, 박통 속에서 전쟁이 났네."

바로 그때 박통 속에서 사람들이 나오기 시작하는데, 돌 다루는 석수, 나무 깎는 목수, 기와 얹는 와수, 흙 바르는 토수, 각색 장인 수백 명이 각기 연장을 짊어지고 돌과 나무, 기와, 흙을 썰매에 싣고, 소에 싣고, 말에 싣고, 지게에도 짊어지고, 줄로 끌며, 지레로 밀고 나왔다. 그중에 목수들은 작은 망치 큰 망치 든 이, 톱도 들고 낫도 든 이, 대패 들고 끌도 든 이, 먹통에 잣대 든 이, 가지가지 송곳 든 이까지 꾸역꾸역 나오더니 흥부 집을 짓느라고 우당탕 통탕 야단하기 시작했다. 흥부 부부가 눈도 뜨지 못하고 벌벌 떨며 까투리 숨듯 납작 엎어져 있을 제, 어느새 기둥을 세우고 상량을 하느라 법석을 떨었다.

"올라간다, 어기여차!"

• **먹통** 목수나 석수가 곧은 금을 긋는 데 쓰는 기구.
• **상량**(上樑) 집을 지을 때 기둥에 보를 얹고 그 위에 지붕의 중심이 되는 마룻대를 올려놓는 일.

대포 소리가 꿍!

한참 이리 요란하더니 갑자기 사방이 조용해졌다. 흥부가 눈을 가만히 뜨고 둘러보니 사람들이 모두 간 곳이 없고, 전에 살던 초막집 자리에는 대궐 같은 수백 간 기와집이 들앉아 있었다. 강남 사람들 재주가 어찌나 신기한지 벽 바른 진흙을 어느 결에 다 말려서 도배, 장판까지 훤칠하게 해 놓았다. 집 모양을 가만히 살펴보니, 동산 아래 넓은 곳에 방위를 잘 맞추어서 사방으로 담을 치고, 네모기둥에 도리 얹고, 모양 좋은 서까래 달고, 널찍한 차양 달고, '모년 모월 모일 모시 입주상량'이라 뚜렷이 새겨 놓았다. 암키와는 뒤집어 놓고 수키와는 엎었으니 기와집 장군이 내린 듯. 안벽 치고 바깥벽 치고, 기름종이로 도배까지 말로만 듣던 고래등 같은 기와집이 바로 이것이로구나.

안채, 사랑채, 행랑, 별당, 초당, 서당, 곳간을 좌우로 번지르르 지었는데, 안팎 중문에 솟을대문이며 벽장 다락이 장히 좋다. 안방치레를 보자면, 용봉장, 궤, 뒤주, 반닫이와 평양 장롱, 의주 장롱에 원앙침, 잣베개, 은요강, 순금 대야가 좌우로 벌여 있다.

동쪽 곳간 열고 보니 칠첩 오첩 그릇들이 여러 벌이 쌓였는데 금반상기, 은반상기, 큰 합, 작은 합, 은수저, 놋수저 온갖 그릇과 갖은 제기, 주걱, 국자, 식칼, 조리, 함박, 쪽박, 불가래, 부지깽이까지 없는 것 없이 겹겹이 쌓여 있다.

서쪽 곳간 열고 보니 일산, 우산, 사모관대, 각띠, 허리띠, 물신발이며 말안장, 은잎 등자, 옥안장, 황금 굴레, 청홍사 고운 굴레, 붉은 안장 끈, 붉은 말굴레, 산호 채찍과 안장 걸이, 돈주머니 쌓여 있고 홍

두깨, 방망이, 다듬잇돌, 인두, 다리미, 바늘 상자, 실패, 골무, 가위, 잣대까지 골고루 쌓여 있다.

북쪽 곳간 열고 보니 여럿이 찧는 디딜방아를 뚜렷이 차려 놓고, 혼자 찧는 절구 방아, 절구통, 절굿대, 홑체, 겹체, 얼멍체, 키, 베틀, 씨아, 물레 틀과 쟁기 열 채, 써레 열두 개, 호미, 따비, 쇠스랑, 괭이, 삿갓, 도롱이, 접사리며 도리깨, 홀태, 갈퀴, 멍석, 방석, 씨오쟁이, 매통, 맷돌, 풀맷돌, 뚜드럭쿵 방망이, 지게, 발채, 똥장군과 오줌 항아리, 개똥망태, 거름지게까지 차례차례로 쌓여 있다.

정성이 지극하면 하늘이 감동한다더니, 흥부네는 고생 끝에 이렇듯 꿈속같이 부자가 되었다. 안채에 아내를 머물게 하고, 아이들마다 방을 주어 짝을 맺어 주고, 행랑에는 하인이 가득하니 걱정이 없었다. 틈이 나면 아내와 함께 뒷동산 화초를 구경하고, 옥난간에 기대어 밝은 달 바라보며 좋은 음악을 즐기니 이런 신선놀음이 세상 어디에 또 있을까.

● 도리 기둥과 기둥 위에 건너지르는 나무.
● **모년~입주상량** 어느 해, 어느 달, 어느 날, 어느 시에 기둥을 세우고 상량을 했다는 내용.

흥부네 새집 짓기

흥부네는 지나가던 스님이 정해 준 집터에 집을 짓자 점점 살림이 나아졌고, 나중에는 박 속에서 일꾼들이 나와 고래 등 같은 기와집을 지어 주었습니다. 우리 조상들은 집을 지을 때 터를 잡고 기와를 얹고 벽을 발라 세간을 들여놓는 과정 하나하나에 삶에 대한 철학과 함께 삶의 터전을 소중히 여기는 마음을 담았습니다.

❶ 집터 고르기

전통적으로 뒤로는 산이 둘러싸고 앞으로는 물이 흐르는 배산임수 지형이 살기 좋은 집터로 꼽혔습니다. 조선 시대 실학자인 홍만선은 《산림경제》라는 책에서 집 짓는 과정과 좋은 집터에 대해 설명했는데, 그중에서 배와 수레가 몰려들어 장삿속을 다투는 곳은 자식 교육에 지장이 있으므로 살림 집터로 좋지 않다고 했습니다.

❷ 집터 다지기와 주춧돌 놓기

집터가 단단하지 않으면 잘 지은 집도 쉽게 허물어지고 말지요. 그래서 건물을 세울 자리 전체 혹은 부분에 터 다지기를 합니다. 우선 겨울에 얼어붙는 깊이 이상으로 땅을 판 다음에 돌, 모래, 석회, 흙 등을 차례로 메워 견고하게 만듭니다. 기둥 자리가 다져지면 그 위에 주춧돌을 놓아 집의 기초를 만듭니다.

❶ **주산(主山)** 묏자리나 집터 따위의 운수 기운이 매였다는 산.
❷ **명당(明堂)** 후손에게 좋은 일이 많이 생긴다는 터.
❸ **명당수(明堂水)** 명당의 내부에서 바깥으로 흘러 나가는 물줄기.
❹ **안산(案山)** 집터나 묏자리의 맞은편에 있는 산.
❺ **조산(祖山)** 명당 앞쪽의 안산 너머로 높고 웅장하게 서 있는 산.
❻ **청룡(靑龍)** 주산 왼쪽에 뻗은 산줄기. 명당을 보호한다.
❼ **백호(白虎)** 주산 오른쪽에 뻗은 산줄기.

주춧돌 기둥을 받치는 돌. 주춧돌을 박고 그 위에 기둥을 세우면 나무 기둥이 썩지 않는다. 자연에 있는 돌을 그대로 쓰기도 하고 다듬어서 쓰기도 한다.

❸ 기둥 세우기

주춧돌 위에 기둥을 세울 때는 돌의 윗면에 맞추어 기둥의 밑동을 깎아 수평을 맞추어 세우는데 이를 '그렝이질'이라고 합니다. 잘 맞추어진 주춧돌과 기둥은 목재의 하중 때문에 접착제를 쓰지 않고도 완전하게 밀착되는데 못을 사용하지 않고도 건물을 수백 년 동안 지탱하는 한옥의 과학성이 돋보이는 건축 기술입니다.

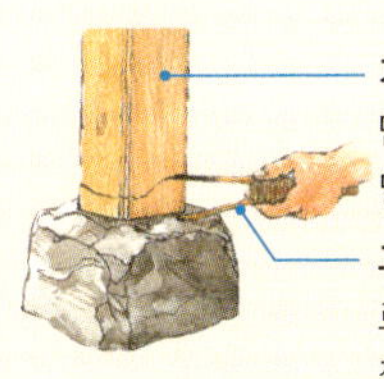

기둥 지붕을 받치는 뼈대로, 나무를 네모로 깎아 만들었다. 주춧돌을 놓고 돌의 표면과 똑같이 기둥 밑동을 깎아 수직이 되도록 세운다.

그렝이질 주춧돌의 울퉁불퉁한 모양을 그렝이 칼로 기둥에 그대로 그린다. 그런 다음 기둥 밑동을 깎으면 기둥이 주춧돌에 딱 들어맞게 세워진다.

다림보기 무거운 추를 실에 매어 내려뜨려 기둥이 수직으로 세워졌는지를 확인한다.

도편수 목수 중 우두머리. 좋은 집은 좋은 목수가 짓는데 기술만 좋다고 좋은 목수는 아니며 품성이 좋아야 온화하고 후덕한 집이 된다고 믿었다.

❹ 뼈대 만들기

기둥 위에는 지붕을 지탱하는 보와 도리가 맞물리게 조립합니다. 보는 집을 정면에서 보았을 때 앞과 뒤 기둥 사이를 건너지르는 것으로, 가장 큰 것이 대들보입니다. 도리는 보 위에 직각으로 놓이는 것이며 그 위에 지붕의 경사를 구성하는 서까래를 올립니다. 뼈대로 쓰이는 목재는 못을 박는 것이 아니라 오목하고 볼록하게 깎아 이를 맞추어 조립합니다.

목재를 맞추는 방법들

집의 내부에서 본 지붕 뼈대

보 마룻대와 수직 방향으로 놓여 기둥과 지붕을 연결하는 목재.
도리 마룻대와 같은 방향으로 걸려 기둥과 지붕을 연결하는 목재.
마룻대 지붕의 맨 위에 서까래가 걸리는 목재.
추녀 지붕 네 모서리에 걸리는 목재.
인방 기둥에 가로놓여 벽을 받쳐 주는 목재.

5 지붕 올리기

서까래를 올린 다음, 버선코 같은 처마의 곡선을
이루는 추녀를 올립니다. 처마의 곡선은 아름다울
뿐만 아니라 무거운 한옥 지붕의 무게를 견딜 수 있
도록 설계된 것입니다. 서까래 위에는 개판으로 지
붕을 덮는데, 지붕에는 한옥용 못을 사용합니다.

서까래

추녀

6 기와 올리기

지붕에 기와를 덮기 전에는 비가 새지
않도록 꼼꼼하게 흙을 덮습니다. 또한 기
와를 올리면서도 흙으로 기와와 바닥 사
이를 채워 줍니다. 기와는 오목한 암키
와를 먼저 올리고 볼록한 수키와를 암키
와 사이에 덮어서 겹쳐 올립니다. 그다음
으로는 지붕의 경사면이 맞닿은 부분을
덮는 마루기와를 올리는데, 지붕의 제일
윗부분을 용마루라고 합니다.

수키와

암키와

용마루

기와 올린 지붕

7 집 꾸미기

벽 바르기

문

창

꽃과 잎을 나무판에 새긴 창살

한옥의 바닥, 벽, 문, 창은 기와가 완성된 다음에
채워 넣습니다. 목재를 짜 맞추어 집의 구조가 완
성되면, 흙으로 벽을 바르는 흙벽치기를 하는데
황토와 석회, 짚여물 등을 섞어서 만든 흙을 사
용합니다. 집의 내부는 온돌과 마루를 깔고 문과
창을 단 다음 마무리합니다.

집 짓기의 통과 의례

집을 짓는 동안 거치는 전통 의식이 있습니다. 중요한 과정마다 고사를 지내 집이 잘 지어지도록 기원할 뿐만 아니라, 집을 짓는 사람들이 경건한 마음으로 정성을 다하도록 하며 사람들을 한마음으로 묶어 주는 의미가 있었습니다.

개토제(開土祭) 옛사람들은 대지가 만물을 품은 어머니와 같다고 여겨서 함부로 파거나 깎지 않았습니다. 집을 지으려면 어쩔 수 없이 땅을 파고 다져야 하기 때문에 미리 땅의 신에게 고하는 제사를 올렸습니다.

모탕고사 집을 짓기 위해 목수가 나무를 다듬기 시작했음을 천지신명께 고하는 제사입니다. 조촐한 고사 상을 차리고 집주인이 이제 공사가 시작되었으며, 앞으로 일이 무사히 진행되기를 기원하는 내용의 축문을 읽습니다.

입주식(立柱式) 집의 첫 기둥을 세우면서 치르는 고사입니다. 기둥은 정해진 목재를 정해진 방향으로 잘 맞추어 세워야 하지요. 기둥을 세운 뒤에는 집 가운데에 땅을 파고 소금 담은 항아리를 묻고 고사 상에 올린 팥과 술을 집의 구석구석에 뿌립니다. 집 안에 사악한 기운이 들어오지 못하도록 하는 의식입니다.

상량식(上梁式) 뼈대의 조립이 끝나면 지붕을 올리기 전에 집의 뼈대가 완성되었음을 축하하고, 그동안 목수들의 노고를 치하하는 의미로 상량식을 합니다. 상량은 제일 위에 놓이는 도리 중의 하나를 마지막으로 올리는 것입니다. 한옥의 천장을 올려다보면 한자나 한글로 '○○○○년 ○○월 ○○일 입주상량 무궁무진'이라고 씌어 있고 그 앞뒤로 용(龍) 자와 귀(龜) 자를 써 놓은 목재가 보이는데, 이것이 상량식 때 올린 목재입니다. 또 집을 짓게 된 내력과 소망을 쓰고 공사에 참여한 사람의 명단과 상량 날짜를 쓴 상량문을 준비하여 썩지 않도록 잘 밀봉해서 상량대 위에 넣어 둡니다.

입주식(入住式) 집이 완성되고 나면 집주인이 처음으로 대문을 열고 들어가는 입주식을 합니다. 이때 집주인이 집 안으로 제일 먼저 들고 들어가는 물건이 요강과 불씨입니다. 집주인을 뒤따라 가족과 하객 들이 집 안으로 들어가서는 집 안 곳곳을 돌아다니는데, 잡귀를 모두 쫓아내고 가족의 행복을 기원하는 의식입니다.

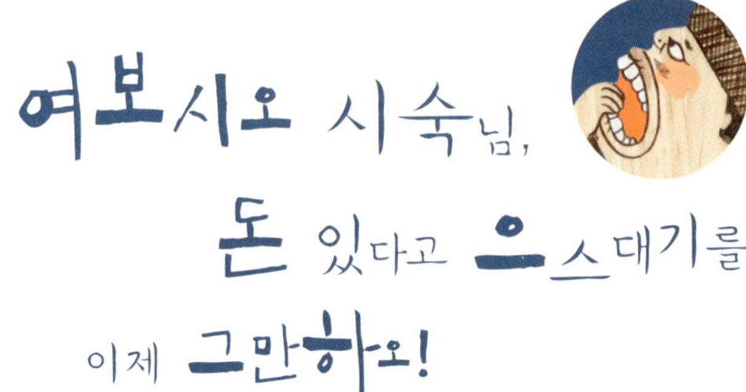

이때 놀부가 저의 동생 흥부가 부자 되었다는 소문을 바람결에 듣고
서 배를 앓기 시작했다.

"이놈을 어떻게 떨어먹을꼬. 이놈이 정말로 부자가 되었나? 내가 좀
건너가 볼밖에 수가 없다."

놀부가 하루는 길을 묻고 집을 물어 복덕촌 흥부 집을 찾고 보니 번
지르르한 고랫등 기와집이 놀부 앞을 막아섰다. 놀부가 고개를 갸웃
갸웃하다가 대문으로 다가가서,

"여봐라, 흥부야."

큰 소리로 불러 놓으니 흥부가 사랑방에 누웠다가 형의 목소리를 듣
고 버선발로 뛰어나와 절을 했다.

"형님 그동안 안녕하셨습니까. 제가 조상 은덕과 형님 덕택으로 이

렇게 부자가 되었습니다. 자식들 데리고 건너가 형님을 뵌 다음 조상님 묘소를 찾으려고 좋은 날짜를 잡아 놓았는데 이렇게 먼저 오시니 황송합니다.”

놀부가 눈을 빼죽이 뜨고서 흥부를 보더니,

“이런 부자가 우리같이 가난한 사람을 찾아오기가 쉽겠는가. 그래, 이게 네 집이란 말이지?”

“예, 형님. 이것이 제 집입니다.”

“그것 참, 천하에 괴이한 일이야. 어떻거나 네 집이면 들어가자.”

놀부가 흥부 뒤를 따라 집 안으로 들어가며 사면을 살펴보니 웅장하고 찬란했다. 대문 안을 들어서니 연못 안에 돌로 산을 만들었는데 연못 속의 흰 거위는 저희끼리 짝을 지어 둥덩둥덩 떠서 놀고, 꽃 계단의 갖은 화초가 손님을 반기었다. 사랑방 들어서며 방 안치레를 살펴보니, 각장 장판, 능화 도배, 소라 반자, 완자 밀창, 모란자 오색 보료, 청담요 홍담요 백담요와 밀화 쟁반, 호박 대야, 청유리병, 황유리병, 유리등, 양각등, 면경, 체경, 옷걸이며 문채 좋은 대모 책상, 화류 문갑, 비취 연상, 산호 필통, 마노 연적, 용 벼루, 봉황 붓과 왜필, 당필, 당주지며 시전주지, 금박지 한데 말아 한편에다 접어 놓고, 한편

* **각장**(角壯) 보통 것보다 폭이 넓고 두꺼운 장판지.
* **양각등**(羊角燈) 양의 뿔을 고아서 만든, 투명하고 얇은 껍질을 씌운 등.
* **체경**(體鏡) 몸 전체를 비추어 볼 수 있는 큰 거울.
* **당주지**(唐周紙) 당 두루마리. 중국산 종이인 당지로 만든 두루마리.
* **시전주지**(詩箋周紙) 시를 짓거나 편지를 쓰는 데 사용하는 두루마리.

에는 서책을 쌓았는데 사서삼경, 《예기》, 《춘추》며 《통감》, 《사략》, 《소학》, 《명심보감》, 《당률》, 《동몽선습》, 《만물집》, 《천자문》까지 좌우로 모두 다 쌓여 있다.

놀부가 긴 방석에 턱 앉으면서,

"야, 거 네 사랑 장히 좋구나."

흥부가 하인을 부르더니,

"안으로 들어가서 건넛마을 큰형님 오셨다고, 마나님과 도령님, 아씨네들 다 나오시라고 여쭈어라."

하인이 그대로 여쭈니, 흥부 아내가 놀부 왔다는 말에 사지가 벌렁벌렁 떨리지만 가장의 말을 어기지 못해 사랑으로 나왔다. 흥부 아내가 나오는데 전에는 가난해서 헐벗었지만 이제는 돈이든 비단이든 은금보화든 없을 게 없었다. 비취 옥비녀에 갖은 패물 곱게 차고, 굴레 같은 은가락지를 손에 끼고, 한산 세모시에 포로소롬하게 당청 물을 들여 주름은 잘게 잡아 입고서 며느리들을 앞세우고 아장아장 건너왔다.

"시숙님, 그간 안녕하셨는지요?"

제수가 이렇게 절을 하면 마땅히 일어나서, '제수씨, 어린 자식들 데리고 고생이 어떠십니까?' 해야 하는 것인데, 저 무지한 놀부놈이 발을 덩그렇게 개고 앉아서 제수를 쳐다보면서 잘된 곡식 칭찬하듯 말을 하는 것이었다.

"흥, 미꾸라지가 용 되었는걸!"

흥부 자식들이 또 인사를 하는데, 멍석 쓰는 데 길이 들어서 세 줄로 늘어서서 엎드려 절을 했다. 큰아버지가 절을 받았으면 '오냐 잘 있느냐, 잘생겼다, 많이 컸구나.' 할 말도 많건마는 놀부는 입을 빼물고 바라보더니,

"흥부야, 저 중에 너 닮은 놈 몇이나 되냐? 네 자식들 맞느냐?"

또 흥부 며느리들이 나서서 절을 하니까,

"야, 저것들 어디서 얼마씩 주고 빼 왔냐? 거 매끈하게 쏙 빠졌구나."

이때 흥부 아내는 아예 들은 척을 아니하고 안으로 들어가 하인을 시켜 주안상을 차려 내는데 잔칫상이 부럽지 않았다. 안성 유기, 통영 칠판, 은 수저, 구리 저를 고을 아전 벌이듯 주루 루 벌여 놓고, 꽃 그린 오죽 판, 대 무 늬 조각 당화기, 얼기설기 송편, 네 귀 번듯 절편이며 주루루 엮어 산 피 떡과 사과 벌꿀 생꿀 놓고, 달 걀 산적 곁들여서 양, 간, 천엽, 콩 밭 양편에다 벌여 놓고, 꿀 경단, 물 경단에 잣배기며, 인삼채, 도라지채, 낙 지 연포, 콩기름에다 시금채를 곁들여서 갖은 양 념 모아 놓고, 편적, 근직, 꽃적이며 절창 볶음,

메밀 탕국, 어포, 육포 갈라놓고 천엽 쌈, 벙거짓골, 갈비찜, 양지머리,
차돌박이를 들여놓고 갖은 과실을 다 괴었다. 날밤, 황밤, 은행, 대추,
고산 참배, 임실 곶감, 호두, 백잣 곁들이고, 끌끌 우는 꿩의 다리, 호
도독 포도독 메추리 탕, 꼬끼오 영계찜, 어전, 육전, 지지개며 계란탕
청포채에다 겨자, 고추, 생강, 마늘, 문어, 전복을 봉황이 나는 듯이
솜씨 좋게 괴었다.

전골을 들이는데, 청동화로 백탄 숯불, 부채질을 활활 해서 고추같
이 피워 놓고, 살찐 소 생고기를 조각조각 오려 내서 깨소금에 참기름
쳐 부스스 불려 재워 내어 대양판, 소양판, 여기도 담고 저기도 담고,
산채, 고사리, 미나리, 녹두채, 맛난 장국을 주루루루 들어부었다. 고
기 한 점을 덥벅 집어서 맛난 기름간장 물에다 풍덩 들이치니 덥벅 피
시시 맛있는 소리가 난다. 이렇듯 상을 차려서 놀부 앞에 들여놓고 흥
부가 형님한테 술을 권했다.

"형님, 약주 한잔 드십시오."

그런데 놀부가 그냥 썩 받는 것이 아니라 엉뚱한 수작을 내서 말
하기를,

"여봐라, 흥부야! 내가 남의 집 초상 마당에서도 권주가 없이는 술
안 먹는 것 잘 알지? 네 아내 곱게 꾸민 길에 어디 권주가 한 곡조 시
켜 봐라."

흥부 아내가 그 말을 듣고 기가 막혀 흥부가 들고 있던 술잔을 빼
앗아 방바닥에다 후닥닥 팽개치면서 소리를 쳤다.

"여보시오, 시숙님! 여보, 아주버니! 제수더러 권주가 하라는 법 세

상천지 어디서 보았소? 돈 있다고 으스대기를 이제 그만 하오. 나도 이제는 돈도 많고 쌀도 많소. 엄동설한 추운 날에 구박을 당해서 나오던 일과 처자식 굶겨 놓고 찾아간 동생을 피가 솟도록 때려 보낸 일을 관 속에 들어도 나는 못 잊습니다. 보기 싫으니, 어서 가요! 안 가려면 내가 먼저 들어가려오.”

떨뜨리고 안으로 들어가 버렸다. 놀부가 공연한 짓 저질러 놓고서 무안하여 하는 말이 더 괘씸했다.

“요망스런 일일세. 여봐라 흥부야, 네 계집 버려라. 내가 새장가 들여 주마. 여자가 목소리가 커지면 그 집이 망하는 법이다. 버려라, 버려!”

공연히 혼자 열을 내더니 흥부를 은근히 바라보며,

“그건 그렇고, 내가 너한테 할 말이 있다.”

“무슨 말씀입니까?”

“내가 요즘 듣자 하니 네가 밤낮으로 자식들을 앞세우고 도둑질을 잘한다니 이 말이 분명하지?”

“형님, 이게 웬 말씀입니까. 조상이 시키지 않은 도둑질을 제가 어찌 한단 말입니까?”

“네 이놈! 그러면 이 재산이 하루아침에 어디서 났단 말이냐? 네놈을 잡으려고 병영 사령들이 벌 떼같이 나섰다니 이 집과 논밭 문서며

* **병거짓골** 전골을 지지는 그릇.
* **떨뜨리고** 뒤세를 드러내 뽐낸다는 뜻이다.

돈궤와 곳간 열쇠까지 나한테 맡기고 멀리 의주 압록강 너머로 건너가서 십 년만 지내다가 내가 무사하다고 기별하거든 돌아오너라. 네 재물에 손을 대면 내가 네 아들이다.”

“아이 형님, 그런 것이 아닙니다.”

“그럼 이 재산이 대체 어디서 났단 말이냐.”

흥부가 제비 다리를 고쳐 주고 박씨를 얻어 부자가 된 사연을 차근차근 말을 하자 놀부가 듣고서는,

“아니, 그래? 제비 다리를 분질렀더니 박씨를 물어 왔어?”

“분지른 것이 아니라 그 녀석이 날기 공부하다 떨어져 다리가 부러진 것을 동여 줬지요.”

“거 안 떨어지면 어쩔 것이냐? 분질러야지! 그러나저러나 저 윗목에 벌건 장롱, 저게 무슨 장이냐?”

“그게 화초장입니다.”

“화초장? 거 이름 한번 좋다. 저 속에 무엇이 들었느냐?”

“은금보화가 가득 들었지요.”

“그럼 그것 하나도 꺼내지 말고 저 장롱을 나를 주어라.”

“예, 그러지요. 형님 건너가시면 하인 시켜서 보내겠습니다.”

“그럴 것 없다. 쇠뿔도 단김에 빼랬다고 내가 온 김에 지고 가련다. 이리 내놔라.”

“점잖은 형님이 어떻게 저걸 지고 가신단 말입니까. 하인을 시키시지요.”

“야 이놈, 도적놈아. 형제간에 그것 하나 안 주려고 핑계를 댄단 말이냐? 이것도 모르고 세상 사람들은 나한테 도적놈이라지! 잔소리 말고 빨

리 질빵 걸어서 내놔, 이놈아!"

홍부가 비단 한 필을 꺼내 질빵을 걸어 놓자 놀부가 화초장을 짊어
지고서 홍부 집을 나섰다. 제집으로 건너오는데 놀부가 본래 잊음이
심한 사람이라 화초장 이름을 잊을세라 입으로 주워섬기며 건
너오는 것이었다.

"화초장, 화초장, 화초장, 화초장, 화초장, 화초장, 화초
장 얻었네. 얻었네. 화초장 하나를 얻었네. 오늘 걸음
잘 왔도다. 대장부 한걸음에 은금보화 가득 든 화초
장이 생겼구나. 화초장, 화초장, 화초장!"

아 그런데 그만 오는 길에 도랑 하나를 펄쩍 건
너뛰는데 그 사이에 화초장 이름을 잊어버리고
말았다.

"초장화? 아아, 장화초? 아아 어따, 이것을
잊었다! 허허 이것을 잊었구나! 아이고 이것이
무엇이냐? 아이고 이것이 무엇이냐? 초화장?
아니다! 장초화? 아니다! 화장초? 아니다!
초장화? 아니다! 장화초? 아니다! 이것이
무엇이냐? 천장, 방장, 구들장, 아니다. 된
장, 간장, 고추장, 아니다. 이것이 무엇이냐?

● **화초장**(花草欌) 문짝에 유리를 붙이고 화초 무늬를 채색한, 옷을 넣는 장.
● **질빵** 짐 따위를 질 수 있도록 어떤 물건 따위에 연결한 줄.

아이고 이것이 무엇이냐? 갑갑해서 내가 죽겠네!"

가슴을 쿵쿵 치며 이런 야단이 없었다. 놀부가 가까스로 저의 집에 이르러서 아내한테 달려들며 호통을 쳤다.

"여봐라, 이 사람아! 집안 어른이 어디 갔다가 집안이라고 들어오면 우루루루루 달려들어 맞이하는 것이 도리에 옳지, 요망히 앉아 있단 말인가. 그나저나 내 등에 짊어진 이것을 무엇이라 하는가?"

"아이고, 무거운데 우선 내려나 놓으시오."

"어따, 갑갑해 죽겠네. 얼른 말 좀 해 봐."

"우리 친정아버지가 한양 가서 그런 장롱을 사 왔는데 화초장이라고 합디다."

놀부가 꿈을 깬 듯 어찌나 반갑던지,

"그래그래, 화초장! 아이고 내 딸이야!"

"에이 여보, 세상에 그게 다 무슨 소리오? 그나저나 이것이 어디서 났단 말이오?"

"흥부가 과연 부자가 됐더란 말이야."

"참으로 부자가 됐어요?"

"음, 나보다 훨씬 큰 부자가 됐어."

"원 세상에, 저런 변괴가 있나!"

"흥부가 제비 덕에 부자가 되었다니 나도 오늘부터 제비를 좀 많이 길러야 되겠어."

제비 **몰**러 나간다,
제비 **후**리러 나간다

놀부가 그날부터 사람을 사서 품삯을 주고 제비 집 수백 개를 밤낮으로 만들어서 제집 안채, 사랑채, 행랑, 곳간, 서당, 별당, 뒷간까지 빈틈없이 달아 놓고, 그래도 부족해서 자기 망건에다가도 하나 매달아 쓰고 제비를 기다리기 시작했다. 놀부가 아무리 기다리고 기다려도 제비가 오지 않으니 제비 때문에 환장이 되어 상사병이 일어났다.

세상 만물 가운데 꼭 제비 글자 드는 것만 사랑을 하는데, 길짐승은 족제비만 사랑하고, 다른 그릇은 다 버리고 모제비만 사들이고, 음식은 칼제비나 수제비만 해서 먹고, 종이가 눈에 띄면 간제비를 접어 놓고, 제비 때문에 화가 나면 마을 사람들과 두제비와 목제비만 하려 들었다. 이렇듯 아무리 기다려도 제비가 찾아오지를 않자 놀부가 생각다 못해 직접 제비를 몰러 나서는데 그 모양이 이러했다.

제비 나비가 하늘에 펄펄, 제비 몰러 나간다. 제비를 후리러 나간다. 어깨에다 그물을 에후리쳐 둘러메고 지리산으로 나간다. 이쪽은 우두봉 저쪽은 좌두봉, 건넌봉 맞은봉 좌우로 칭칭 둘렀는데,

"어어어, 이리 와!"

덤불을 툭 쳐,

"후여! 허허허, 저 제비! 어느 곳으로 가느냐?"

놀부는 하늘 펄펄 소리개만 보아도 제비인가 의심하고, 남으로 가는 까치만 보아도 제비인가 의심하고, 꾀꼴꾀꼴 꾀꼬리만 보아도 제비인가 의심한다.

"저기 가는 저 제비야, 그 집으로 들어가지 마라. 그 집에 불난단다, 내 집으로 오너라. 이이이이루어!"

놀부가 날만 새면 밖에 나가 제비 몰기를 일삼을 때, 하루는 재수 불길한 제비 한 쌍이 놀부 집으로 들어왔다. 놀부가 얼마나 반갑던지 소반에다 정화수를 받쳐 처마 밑에 차려 놓고 두 손 모아 절을 하며,

"제비님 오시나이까. 어찌 이리 행차가 더디어서 내 간장을 녹이시오?"

앞뒤에다 금줄 치고 부정을 금하면서 알 낳기를 기다릴 제, 여섯 개

를 낳았는데 마음 바쁜 놀부가 밤낮으로 어찌 만졌던지 다섯 개는 손독이 올라 곯아 버리고, 다만 한 개 겨우 까서 날기 공부를 시작했다.

제비가 제집에 발붙이고서 날개를 발발 떨고 있으면 놀부가 바라보고 있다가는,

"떨어집소서. 떨어집소서!"

손을 싹싹 비벼도 끝내 떨어지지 않고, 아무리 대문간을 눈 빠지게 바라보아도 구렁이가 오지를 않았다.

"이놈의 구렁이 기다리기가 제비 기다리기보다 훨씬 힘이 드는걸. 이러다 저 제비가 날아가 버리면 십년공부가 헛일이지. 에라, 내가 구렁이 노릇을 할 수밖에 없다."

혀를 널름하면서 구렁이 모양을 하고 엉금, 엉금, 엉금, 엉금, 엉금 기어가서 제비 새끼를 집어서 두 다리 지끈 분지르더니 마루에다 선뜻 던졌다. 모르는 척 돌아서서 뒷짐 지고 거닐면서 목소리 돋우어서 풍월 한 구절을 읊다가 앞으로 돌아서더니 아주 깜짝 놀라 생침 맞는 된소리로 아내를 불렀다.

"여보소, 마누라!"

놀부 아내가 나오자,

"이것 봐. 내가 잠시 거니느라 미처 못 보았더니 제비 새끼가 떨어져 다리가 부러졌으니 불쌍해 볼 수가 없네. 어서 살려 주세. 흥부는 부러진 다리를 조기 껍질로 싸 주었다니 우리는 더 튼튼한 민어 껍질로 싸 주세."

민어 껍질과 비싼 실로 고깃배 닻줄 감듯 친친 감아서 제집에 넣고

행여나 바람 쐴까 큰 자루와 멍석으로 여러 겹을 둘렀다. 부모 제비
들어와서 그 모습을 살펴보고, 새끼 사랑 슬픈 마음 한없이 탄식하더
니 무슨 괴변 또 있을까 밤이면 잠 안 자고 날갯죽지로 싸안으며, 낮
이면 번갈아서 밥을 물어다 구원했다. 그 제비가 놀부 망할 제비인데
죽을 리가 없었다. 부러진 다리가 나아서 앉아도 보고 날아도 보고 한
참 공부를 하더니 구월 구일에 이르자 공중에 높이 떠서 제비 말로
지저귀었다.

"지지지지 주지주지. 아느냐 주인놈아. 에이 몹쓸 놀부놈아. 나와
무슨 원수 되어 생다리 꺾어 병신이 되었으니, 만 리 강남 먼먼길을 어
떻게 가란 말이냐."

속 못 차린 놀부는 제비를 바라보며,

"반갑다 내 제비야. 네 아무리 미물인들 생명의 은인을 잊겠느냐. 강
남 갔다 돌아올 적에 부디 박씨를 물고 와라."

놀부 제비 세 마리가 강남으로 들어가 제비 왕을 찾아뵙고 앞뒤 내
력을 낱낱이 아뢰자 제비 왕이 화를 내어 원수 구(仇) 자, 바람 풍(風)
자 써 있는 박씨 하나를 내어 주며,

"이것을 갖다가 원수를 갚도록 해라."

놀부 제비가 받아 물고 제집으로 돌아와서 이듬해 봄을 기다리는데,
어느새 겨울이 다 지나고 입춘, 우수, 경칩, 춘분을 지나 삼월 삼짓날이

다다랐다. 나무 나무 속잎 나고, 가지가지 꽃이 피자 놀부 제비가 박씨
를 입에다 물고 하늘에 둥실 떠올라 조선 땅으로 향했다.
  촉나라 사천 리, 촉산도 이천 리, 팽성도 오백 리를 지나쳐 하룻밤을
쉬더니 아방궁을 얼른 지나 월하성 일만 이천 리를 순식간에 지났다.
잠깐 쉬고 나서 다시 밤낮으로 펄펄 날아 놀부 집에 다다르니 놀부가
보고 좋아라 하며,
  "반갑다. 내 제비. 어디를 갔다가 이제 와? 얼씨구나, 내 제비. 어이

이리 더디 와서 내 간장을 녹이느냐? 박씨 물어 왔거들랑 어서 급히 나를 다오."

손바닥을 쩍 벌리고 제비한테 절을 하며 박씨 주기만 기다리니 저 제비가 물었던 박씨를 놀부 손에 뚝 떨어치고 하늘에 둥실 올라가 흰 구름 속으로 날아갔다.

"옳다, 저 제비! 박씨를 물어 왔구나. 어서 빨리 심어 보세."

놀부 아내가 박씨를 보더니,

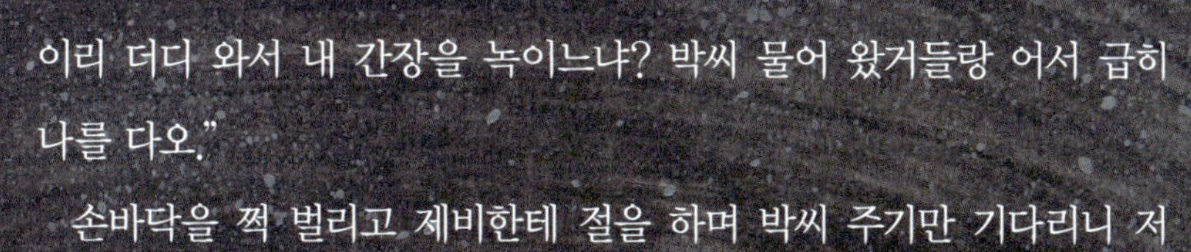

아방궁(阿房宮) 중국 진(秦)나라 시황제가 세운 궁전. 산시 성(陝西省) 시안(西安) 서쪽에 있다.

"박씨에 원수 구(仇), 바람 풍(風) 써 있으니 불길합니다. 바삐 내다 버려요."

"무식한 사람이 무엇을 안다고 그래? 원수 구 글자가 군자호구(君子好逑)라는 구 자와 꼭 같으니, 이 박에서 미인이 나와서 내 짝이 된다는 말이거든."

"허! 그렇다면 바람 풍 자는 또 웬일이오?"

"바람 풍은 더욱 좋지. 옛적에 와룡 선생 제갈공명이 동남풍을 빌어 조조의 수만 대군을 박살 냈단 말도 못 들었는가. 우리도 이 박을 심어 삼월 동풍에 싹이 나고 사월 남풍에 고이 자라 팔월 금풍에 따고 보면 보물이 풍풍 나와 온 집 안이 풍덩풍덩. 처마에다 풍경 달고 방 안에 병풍 치고 이내 몸이 풍류로 놀면 그 아니 풍족할까. 아무 말 말고 어서 심세."

동쪽 처마 담장 밑에 구덩이를 깊이 파고 일년 농사 지을 거름을 한꺼번에 져다 붓고 단단히 심었더니, 아침나절에 심은 박씨가 저녁때에 순이 나서 종기에 부푼 다리처럼 퉁퉁하게 솟아났다. 놀부 아내가 깜짝 놀라,

"아이고, 저것 생긴 것을 보니 아무래도 무슨 괴변이 생기겠소. 바삐 뽑아 버려요."

"이게 무슨 방정맞은 소리여? 될성부른 것은 떡잎부터 안다는 말도 못 들었는가."

그로부터 박 넝쿨이 날마다 갑절씩 쭉쭉 뻗어 나가는데, 순이 어찌나 굵은지 어디 가서 턱 걸치면 영락없이 무너졌다. 사당에 걸치자 사

당이 무너져 신줏단지가 깨어지고, 곳간에 걸치자 곳간이 무너지고,
온 동네로 다 뻗어서 어느 집이고 간에 걸치면 턱 무너져 버렸다.

그렇게 무너진 집값을 물어 주다 보니 삼사천 냥이 오간 데 없었다.
박이 모두 일곱 통이 열렸는데 놀부 집 뒤뜰에 여섯 통이 열리고 뒷집
울 밑에 한 통이 열려서 날마다 쑥쑥 자라나는 것이었다.

제비 몰러 나간다

"제비 몰러 나간다. 제비 후리러 나간다." 판소리 〈흥부가〉에서 놀부가 둥지에서 제비가
떨어지기만을 기다리다 못 참고 아예 제비를 잡으러 나서는 대목입니다. 흥부에게는
은혜를 갚고 놀부에게는 원수를 갚는 제비는 예로부터 인간과 가깝게 지내 온 친숙한
새입니다. 그래서 우리 주변에는 제비와 관련한 속담이나 상징 들이 있습니다.
이제 소설 《흥부전》 속의 제비, 우리 삶 속의 제비를 만나 보러 갑시다.

제비 한 마리 왔다고 봄이 온 것은 아니다

현상의 일부분만 보고 성급하게 판단해 버린다는 의미의 영국 속담입니다. '성급한 일반화
의 오류'를 경계할 때 씁니다.

물 찬 제비 같다

물을 차고 오르는 제비의 날렵한 꼬리처럼 매끈하고 멋진 모습이나 차림새를 비유합니다.

친구 따라 강남 간다

제비는 시월에 서식지를 찾아 500마리에서 1만 마리가 무리 지어 이동한다고 합니다. 소신 없
이 남의 말이나 행동에 휩쓸려 따라 하는 것을 보고 친구 따라 강남 가는 제비 같다고 비유
하지요.

제비가 낮게 날면 비가 온다

제비의 먹이인 벌레들은 햇빛이 내리쬘 때
보다는 습기가 많을 때 땅 위로
나와 활동합니다. 그래서
먹이를 잡기 위해 낮
게 나는 제비를 보
면 비가 올 것으
로 예측할 수 있
습니다.

중신애비 처마 올려다보듯 한다

옛날 우리 조상들은 제비는 상서로운 짐승이라 여기고 나쁜 기운이 있는 집에는 제비가 둥지를 틀지 않는다고 생각했습니다. 그래서 두 집안을 오가며 혼사를 성사시키는 중신애비가 집에 들어서서 처마에 제비 둥지가 있는지부터 살폈다는 이야기도 있지요. 거만하게 고개를 쳐드는 것을 중신애비 처마 올려다보듯 한다고 합니다.

칠팔월 제비가 논 가운데 앉으면 풍년이 든다

제비는 해충을 잡아먹는 이로운 새이기 때문에 제비가 논에 날아다니면 해충을 없애 수확을 늘린다고 생각했습니다.

제비가 집을 안으로 들여 지으면 장마가 크게 진다

인간은 동물의 행태를 관찰하여 앞일을 예측하기도 하는데, 몇몇 짐승에게 인간이 갖지 못한 예지력이나 감지력이 있다고 믿기 때문입니다. 제비가 둥지를 짓는 모습을 보고 장마를 예측하기도 합니다.

연미복과 제비족

연미복(燕尾服)은 서양의 대표적인 남성 예복으로, 뒷부분이 두 갈래로 나누어져 제비 꼬리 같은 모양을 하고 있습니다. 춤을 출 때 남자가 예의를 갖추기 위해 연미복을 입었던 것에서 유래하여 무도장에서 여성을 유혹하며 춤추는 남자를 제비족이라 불렀다지요?

우체국의 상징

제비는 사람에게 이로운 짐승인 데다가 먼 거리를 이동하면서도 길을 잃지 않고 서식지를 잘 찾아오기 때문에 빠르고 정확하다는 의미에서 우체국의 상징으로 쓰이고 있습니다. 제비가 나는 모습을 표현한 우체국 심벌마크는 1984년에 만들어졌습니다.

랴오둥
압록강
의주
평양
개성
서울
운봉
베이징
난징
양쯔 강
타이완
필리핀
베트남
타이

《흥부전》 속의 제비, 진짜일까?

판소리 〈흥부가〉에 등장하는 〈제비 노정기〉는 강남 갔던 제비가 흥부네 집으로 돌아오는 길을 읊은 대목입니다. 여기에 등장하는 제비의 여정은 철새 제비의 실제 이동 경로일까요? 제비는 정말 매년 같은 집으로 돌아오는 것일까요? 《흥부전》에 묘사된 제비의 모습이 실제 제비의 생태와 같은지 비교해 봅시다.

제비가 압록강을 건너서 올까?

옛사람들에게 '강남'은 양쯔 강 이남의 중국은 물론, 그보다 아래에 위치한 동남아시아 지역까지 아울렀지요. 〈제비 노정기〉에서도 강남을 중국의 양쯔 강 이남 지역으로 묘사합니다. 강남의 따뜻한 지역에서 출발한 제비는 양쯔 강을 건너 황릉묘, 봉황대 등 중국의 옛 시에 등장하는 유명한 장소들을 지나고 압록강을 거쳐 흥부네 집으로 돌아오지요. 실제로 한국에서 서식하는 제비는 대부분 겨울에 타이 같은 동남아시아 지역에 머물다가 여름에 한반도로 돌아옵니다. 겨울에 따뜻한 지역을 찾아 떠나는 제비가 일부러 추운 압록강 이북을 거치진 않겠지만, 〈제비 노정기〉에서는 중국과 우리나라의 명승지를 열거하여 청중의 듣는 재미를 더하기 위해 이런 경로를 설정했습니다. 옛사람들에게 중국의 명승지는 한번쯤 가 보고 싶지만 너무 멀어서 갈 수 없는 동경의 장소였기 때문입니다.

〈제비 노정기〉에 등장하는 제비의 이동 경로

양쯔 강(장강) 이남 ┄┄→ 난징(금릉) ┄┄→ 베이징(연경) ┄┄→ 랴오둥 ┄┄→ 압록강 ┄┄→ 의주 ┄┄→
평양 ┄┄→ 개성 ┄┄→ 서울 ┄┄→ 운봉(흥부 집)

제비의 실제 이동 경로

타이, 필리핀, 베트남, 타이완 ┄┄→ 한국

제비는 자기가 살던 곳으로 돌아온다고 하여 정과 의리가 있는 새로 여겨지지만 실제로 그런 경우는 드물다고 합니다. 하지만 전체의 5퍼센트 정도는 작년 여름 둥지를 틀었던 바로 그곳으로 돌아온다는 연구 결과가 있습니다. 새끼 제비의 경우에도 1퍼센트 정도는 다시 집을 찾아오는 신통방통함을 보인다고 합니다. 그러고 보면 멀고 먼 길을 거슬러 찾아온 흥부의 제비는 희귀한 만큼 선한 이의 행복을 이루어 주기 위한 백성들의 염원을 깊이 담고 있다고 할 수 있습니다.

제비는 정말 자기가 살던 집으로 되돌아올까?

이게 무슨 주머니냐, 사람 죽일 주머닐세

어느덧 세월이 흘러 여름이 다 지나고 팔월 한가위에 다다랐다. 놀부 박통이 희면서도 누르스름하게 익은 것이 금빛이 뚜렷했다. 놀부가 좋아라고,

"저 박 빛깔이 누런 것이 분명히 금 들었지!"

달력을 찾아 펼쳐 놓고는 놀부가 길일로 날을 잡아 삯꾼 여러 명을 사서 박을 타는데, 꼭 금이 나올 줄로 믿고 금 말을 가지고서 소리를 메겼다.

"시르렁 실근 톱질이야. 어유와 톱질이로구나. 어와 세상 사람들아, 금의 내력을 들어 보소. 초한 시절 진평이는 범아부를 잡으려고 황금 사만 근을 적진 속에 흩었으며, 소진이는 말을 잘해 금을 많이 실어 갔고, 곽거는 효성으로 묻힌 금을 파냈다네. 시르렁 시르렁 당기어라

톱질이야. 나도 이 박을 어서 타서 금이 많이 나오며는 이 동네를 이름 바꿔 금곡동(金谷洞)이라 부르련다. 어여루 당기어라.”

실근, 실근, 실근, 실근, 실근, 탁. 박이 활짝 벌어지니, 뜻밖에 박통 속에서 노인 하나가 나오는데 하고 있는 차림새가 볼만했다. 다 떨어진 헌 베 바지 속살이 다 보이고, 무명 삼베 적삼 위에다 개가죽 묶은 배자를 무릎까지 너덜너덜. 구멍 뺑뺑 중치막은 아랫단에 황토 묻고, 떨어진 갓에다 석 자 남짓 베주머니 온 재산을 넣어 차고, 곱돌 조대 허리를 쥐고 놀부네 안방으로 제집처럼 들어온다. 얼굴을 보자 하면, 토끼 면상에다가 빈대코가 맵시 있고 뱁새눈 병어 입에 목소리는 꽤나 크다. 노인이 두 눈을 부릅뜨고 놀부를 바라보며,

“네 이놈 놀부놈아! 네 할애비 덜렁쇠와 네 할미 헛천덕이, 네 아비 껄덕쇠와 네 어미 빨닥례가 모두 나의 종이었다. 병자년 팔월에 과거 보려고 한양에 올라가서 사랑이 비었을 적에 흉악한 네 아비가 나의 재산을 모두 훔쳐 달아난 뒤에 간 곳을 몰랐더니 제비에게 소식 듣고

- **진평**(陳平) 중국 한나라의 정치가로 한고조를 도와 천하 통일을 이루었으며, 여씨의 난을 평정했다.
- **범아부**(凡亞夫) 중국 초나라의 정치가. 기묘한 계교에 능해 항우가 제후의 패자가 되도록 도왔다.
- **소진**(蘇秦) 고대 중국 전국 시대 중엽의 정치가. 강국 진나라에 대적하기 위해 나머지 육국이 연합하는 합종설을 주장했다.
- **곽거**(郭巨) 중국 후한(後漢) 때의 사람으로 집이 가난해 노모가 굶주리는 것을 보고, 이를 면하게 하기 위해 자식을 묻고자 땅을 파다가 황금 솥을 얻었다고 한다.
- **중치막** 벼슬하지 아니한 선비가 소창옷 위에 덧입던 웃옷.
- **조대**(調帶) 허리띠.
- **빈대코** 콧날이 서지 않고 납작하게 가로퍼진 코.
- **뱁새눈** 작고 가늘게 째진 눈.

불원천리 찾아왔다. 너의 식구 너의 세간을 박통 속에 급히 담아 우리 집으로 함께 가자."

놀부가 들어 보니 사람 상할 말이었다. 아니라고 잡아떼려 해도 증인 세울 사람 없고, 송사를 하자 하니 좋지 못한 내력을 온 고을이 알 것이며, 싸워나 보자 한들 그 양반 생긴 것이 불에 넣어도 안 탈 모양이었다. 어찌하면 무사할까 저 혼자 궁리하는데 저 양반이 호통을 쳤다.

"네 이놈, 놀부야! 옛 상전이 와 계신데 네 아내와 자식들이 문안도 안 올리니 이런 법이 있느냐? 여봐라, 강남 하인들! 이리 오너라!"

말이 떨어지자 박통 속이 관청 문이 되어 수십 명 대답 소리에 온 동네가 으근으근 들썩였다. 보기만 해도 겁나게 생긴 하인들이 몽치 들고 오랏줄 들고 꾸역꾸역 퍼 나오니 놀부가 할 수 없이 땅에 엎드려 애걸을 했다.

"여보시오, 상전님. 우리 부친이 양반으로 이 고장에 들어와서 고을 여러 양반 댁이 우리네 사돈인데, 이 소문이 나고 나면 저뿐만 아니라 그 양반들 망신입니다. 자라는 풀 꺾지 말랬다고 아무 말씀 안 하시면 속전을 바칠 테니 속량해 주옵소서."

"네 아비의 죄를 생각하면 기어코 잡아다가 조금만 잘못하면 사랑 앞 말뚝에 거꾸로 매달고 대추나무 방망이로 두 발목 복숭 뼈를 꽝꽝

* **불원천리(不遠千里)** 천 리 길도 멀다고 여기지 않는다는 뜻이다.
* **송사(訟事)** 분쟁에서 옳고 그름을 판결해 주기를 관청에 호소하는 일.
* **속전(贖錢)** 죄를 벗기 위해 바치는 돈.
* **속량(贖良)** 노비가 몸값을 내고 양민이 되는 것.

때려 가며 부려 먹을 일이야. 그래 네가 속전을 낸다면 얼마를 바칠 테냐. 지체 말고 곧 바쳐라."

"얼마나 바치리까?"

노인이 조그만 주머니를 하나 내더니,

"내가 너만 한 놈을 데리고 많고 적음을 다투겠느냐. 무엇으로 채우든지 이 주머니만 가득 채워 오너라."

놀부 생각에 저 양반 억지에 많이 달라 하고 보면 이 일을 어찌할까 잔뜩 염려했다가 주머니 하나만 채우라니 마음이 푹 놓였다.

"예, 그리하오리다."

주머니를 받아 들고 제 방으로 들어가서 엽전이 가득 담긴 주머니를 그 주머니에다 대고 조르르르르르 부으니, 놀부 돈주머니는 홀쭉하게 없어졌는데 샌님이 준 주머니는 아무렇지도 않고 가뿐했다. 놀부가 어이없어,

"어허, 요것 봐라."

궤 문을 턱 열어 놓고 돈꿰미를 풀어내어 한 줌을 넣어도 간곳없고, 두 줌을 넣어도 간데없고, 세 줌을 넣어도 간 곳이 없고, 다섯 줌을 넣어도 간 데가 없다.

"푼돈이라 이러한가? 양돈으로 넣어 보자."

한 냥을 넣어도 간데없고, 석 냥을 넣어도 간데없고, 닷 냥을 넣어 봐도 아무 자취가 없다.

"꾸러미째로 넣어 보자."

스무 냥씩 묶은 돈을 한 다발 넣어도 간데없고, 열 다발 넣어도 간

데없다. 주머니 생긴 모양이 무엇을 넣으려 하면 주둥이를 쩍 벌리고 산이라도 통째로 삼킬 듯하니, 넣고 보면 아무 흔적 간 곳이 없다.

"아이고 이게 무슨 주머니냐? 사람 죽일 주머닐세."

어디 혹시 구멍이 났나 아무리 돌려 봐도 귓밥 감친 데가 가죽으로 덮여 튼튼하게 생겼다. 백 냥씩 열 무더기 천 냥을 넣어도 간데없고, 오천 냥 담은 궤를 통째로 넣어도 간데없다. 볏섬 쌓은 것을 헐어서 한 섬을 넣어도 간데없고, 열 섬을 넣어도 간데없고, 백 섬을 넣어도 간데없다.

아무리 넣어 봐도 들어 보면 가뿐해 넣은 생색이 없다. 생각다 못해 의복 든 채장농이며 농사 연장, 부엌 재산, 걸레, 빗자루, 된장독, 간장독이며 절구통, 절굿대까지 모두 다 넣고 봐도 아무 간 곳이 없는 것이었다.

"아이고, 이러다가는 묵은 상전 고사하고 내 몸이 팔려서 새 상전이 생기겠다."

주머니를 들고 와서 양반 앞에 가 엎드리며,

"아이고, 상전님! 이게 무슨 주머닌지 사람 죽일 주머니오. 무엇을 집어넣어도 한강에 던진 돌이 되고 마니 이게 어쩐 일입니까?"

"에라 이놈, 간사하다. 속전을 받으려면 몇 만 냥은 되겠으나 수만 리 먼먼 길에 가져가기 괴로울 것 같아 주머니를 채우랬더니 아무것도

● **양돈** 한 냥 정도의 돈.

넣지 않고 이 소리가 웬 소리냐? 여봐라. 저놈을 매달고서 방망이 맛을 보여라.”

“예이!”

놀부가 다시 그 자리에 엎드리며,

“비나이다, 비나이다. 상전님, 제발 살려 주오. 속전을 얼마라도 바치면 바쳤지 주머니를 채울 수가 없습니다.”

“네 소원이 정 그렇다면 네 할아비 부부부터 네 아비 어미와 너의 부부 자식까지 한 명마다 삼천 냥씩 이만 천 냥을 곧 바쳐라. 만일 잔말을 하면 네놈을 여기다 처넣을 게야.”

노인이 주머니를 쩍 벌리자 놀부가 질색하여 목을 딱 움츠렸다.

“예, 분부대로 바칠 테니 제발 주머니 좀 넣으시오.”

놀부가 꼼짝 못하고 밖에 나가 논밭을 헐값에 잡혀서 이만 천 냥을 만들어다가 상전에게 바쳤다.

놀부가 속량을 하더니 이제는 노인을 상전이라 아니하고 생원이라 부르면서,

“여보시오, 생원님. 이제 일이 해결된 터이니 그 주머니 이름이나 가르쳐 주오.”

“오, 이걸 능청낭이라 하느니라.”

“능청낭? 그 주머니가 사람 여럿 죽일 주머니요.”

“이게 사람을 죽이는 주머니가 아니라 사람 아닌 놈만 꼭 죽이는 주머니다. 천지가 개벽한 뒤로 나라에 불충하고 부모에게 불효하는 놈들이 도리에 어긋나게 모은 재물을 뺏어 가는 주머니다. 너도 이놈,

그 마음보를 끝내 고치지 않으면 장날마다 한 번씩 큰비가 올지라도
우비를 입고 찾아올 테니 그리 알거라, 이놈."
　노인은 돈을 집어 주머니에 넣고서 두어 걸음 나가더니 홀연히 간 곳
이 없었다.

옳거니, 이제 돈꿰미가 나온다

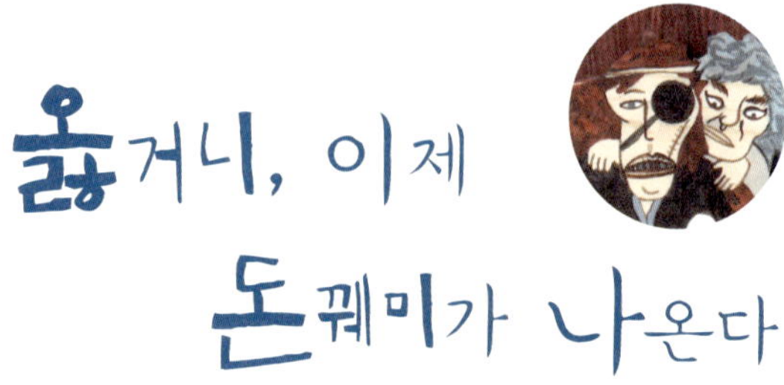

그때 박타던 일꾼들이 그 모양을 보고서 무안하고 어색해 돌아가려고
하자 놀부가 나서서 만류했다.

"여보게들. 아까 나온 그 노인이 상전이 아니라 은금이 변화해 나를
시험한 것이니 아무 말 말고 박타세."

둘째 통을 타려 할 때 놀부 아내가 달려들었다.

"여보 영감, 이 박을 또 타다가는 집도 터도 안 남겠소. 제발 타지
맙시다."

놀부가 화를 내어,

"여편네가 또 방정맞은 소리야! 잔소리 말고 가만히 닥치고 있어.
자, 어서 타세. 실근실근 당겨 주소."

"에여루 톱질이야."

“여보 역군들 말을 듣소. 여인네가 방정 떨어 나올 보물에 부정 타겠네.”

“시르렁 실근 톱질이야.”

“정녕코 좋은 보물 이 박통에 있을 테니 서산에 해 지기 전에 어서 급히 당겨 주소.”

“어여루 톱질이야.”

이윽고 박이 딱 벌어지자 박속에서 상여 한 채가 나오면서, 땡그랑 땡그랑 땡그랑 땡그랑.

“어넘차 너화너, 어이 가리 넘차 너화너. 북망산천이 멀다더니 놀부 집터가 북망이로구나. 어이 가리 넘차 너화너. 여보소 상여꾼들 우리도 죽어서 이 길이요, 놀부도 죽으면 이 길이로세. 어넘차 너화너.”

상제 하나가 나오면서 탄식을 했다.

“아이고아이고 서러운지고. 가난이 원수로다. 백 냥 삯에 몸이 팔려 헛울음에 목이 쉬었네.”

상여를 턱 내려 놀부 집 안방에다 모셔 놓더니 상제 오백 명이 울면서 꾸역꾸역 몰려나왔다. 어찌 오백 명인가 하면 제비 왕이 놀부를 망하게 해 주려고 북망산에서 제일 가난한 귀신만 모조리 삯을 주고 사서 보낸 상제들이었다. 상제들이 아이고아이고 울음을 우는데, 상여꾼 서른두 명이 눈을 딱 부릅뜨고 벽력같은 소리로 호령을 했다.

"주인 놀부놈 어디 갔나? 병풍 치고, 제사상 놓고, 촛대에다 촛불 켜고, 향로에 향 피워라. 제물 먼저 올린 뒤에 상식 상 곧 차려라. 방 더울라 불 때지 말고, 고양이 들어갈라 굴뚝 막아라. 만일에 지체하다가는 죽고 남지 못하리라."

놀부가 겁나고 얼떨떨해 대강 거행한 뒤 상제 앞에 문안하고 여쭀다.

"어떠한 상여 행차인지 내력이나 알려 주오."

"우리 댁 노 생원님 너를 찾아보려고 첫 박통에 행차하시어 너를 속량해 주고 돌아오신 뒤로, 네 정성 극진해 자식보다 낫더라고 매일 자랑하시더니, 노인의 병환이라 병나신 지 하루 안에 별세하셨다.

별세 전에 유언하시기를, 놀부의 안방 터가 장히 좋은 명당이라 찾아가 말을 하면 반겨 허락을 할 터이니 갈 길이 멀다 말고 이리 와 장례를 치르라 하시기로 상여 행차 모시고 불원천리 찾아왔다. 만일 의심을 하거든 보여 주라면서 증표까지 주셨으니, 어서 바삐 집 뜯어라."

"그 증표라는 게 무엇이오?"

"그것이 다른 게 아니라 노 생원님께서 평생 애지중지하시던 이 물건이다."

● 상식 상(上食床) 상가에서 아침저녁으로 죽은 사람의 혼령을 위해 음식을 올리는 상.

謹弔　昨夜葬屋隆海東

상제가 소매 속에서 능청낭 주머니를 슬그머니 내놓는데 놀부가 이 것을 보니 송장보다 더 지긋지긋했다. 질겁해서 엎드리며,

"상제님 살려 주시오. 노 생원 하신 유언이 임종 시에 정신없고 혼미해 한 말씀이요."

"이놈아, 정신없는 말씀 하실 노 생원님이 아니시다. 여봐라, 하관 시각 늦어지겠다. 지체 말고 집 뜯어라."

놀부가 기가 막혀,

"상제님, 이치로 말한대도 이 터가 명당이면 하루아침에 이렇게 폐가가 되리까. 이 터는 벌써 김 나간 터이고 여기보다 더 좋은 명당이 얼마든지 있습니다."

"이놈아, 네 집보다 더 좋은 명당이 어디 있단 말이냐?"

"굳이 멀리 갈 것도 없습니다. 가까운 복덕촌에 박흥부 집이 터 덕으로 하루아침에 억만금 부자가 되었으니 천하제일 명당이지요. 그리로 운상을 하십시오."

"음, 흥부 집이 그렇게 좋은 명당이여? 그러면 나는 흥부 집으로 갈 테니 너는 이 터 값으로 상제 오백 명과 상여꾼 서른두 명한테 한 명당 백 냥씩만 내놓아라."

놀부가 어이없어 묵묵부답 앉았으니 상제 오백 명이 막대기를 추켜들어 매질이 우박 떨어지듯 놀부를 두드렸다. 상제 중에 한 사람이 그러면 능청낭을 채워라 하니 놀부가 질겁해,

"예예, 바치오리다."

놀부가 밖에 나가 절반 값에 논밭을 팔아 오만 삼천이백 냥을 갖다

주자 상여꾼들이 돈을 받아 상여에 집어 싣더니,

"아이고, 이 돈 무거워 못 가겠다. 노 생원님 분부대로 선량한 집에 주고 가자."

두어 걸음 나가더니 문득 간곳없이 사라졌다.

이때에 마을 구경꾼들이 물밀듯이 달려들자 놀부가 더욱 부끄럽고 화가 나서 박 한 통을 간신히 들어 울타리 너머로 던져 내버렸다. 그 박통이 와지끈 깨어지며 돈이 마구 쏟아져 나오자 구경꾼들이 모두 다 주워 가지고 뿔뿔이 도망을 했다. 그 광경을 본 놀부 기가 막히고 화가 나면서도 또 한편으로 좋아라고,

"그러면 그렇지. 흉한 일 뒤에 길함이 있고 쓴 것이 다하면 단 것이 온다 했어. 자, 박타자."

넷째 통을 또 타는데 놀부가 이번에는 부자 말을 가지고 선소리를 메겼다.

"실근실근 당겨 주소, 어여루 톱질이야. 인간의 좋은 것이 부자 밖에 또 있는가. 요임금은 어찌하여 일 많다 마다하고, 맹자님은 어찌하여 어질지 못하다 하셨던가. 일 많아도 나는 좋고 어질지 못해도 나는 좋네. 시르렁 실근 톱질이야. 재물이 없고 보면 잘난 사람도 쓸데없지. 나도 이 박 어서 타서 좋은 보물이 나오거든 부귀영화를 누려 보세. 어여루 톱질이야."

실근실근, 실근실근실근. 박이 반만 벌어지자 뜻밖에 박통에서 돈 꿰미 같은 것이 뾰쪼쪼름히 내비쳤다. 놀부가 좋아라고,

"옳거니, 이제 돈꿰미가 나온다!"

쑥 잡아 빼어 놓으니 줄봉사 천여 명이 그 줄을 검쳐 잡고 꾸역꾸역 나오기 시작했다. 그 뒤에 갖은 사람들이 나오는데, 곰배팔이, 앉은뱅이, 지겟다리 발 디딘 이, 밀지로 코 덮은 이, 다리에 피 흘린 이, 가슴팍에 구멍 난 이, 부푼 얼굴에 진물 흐르는 이, 위아래 입술 없어 이빨이 드러난 이, 두 다리가 팅팅 부어 기둥만 한 이, 등이 쑥 내밀어 큰 북통 진 듯한 이, 키가 한 자 남짓한 이, 입이 한쪽으로 돌아간 이, 갖은 장애 가진 사람들이 꾸역꾸역 나오면서 저마다 한마디씩 놀부를 불러 호통을 치며 법석을 떨기 시작했다.

그중에도 우두머리가 있어 영좌라 하는 영감이 나이는 오십 남짓이요, 헌 갓에 헌 중치막을 입고 한 발 되는 담뱃대 허리를 움켜쥐고 점잖게 나왔다. 이 영감이 여러 해 과객질에 날로 먹는 수가 나서 힘도 별로 안 들이고 예사로 하는 수작이 사람 죽일 말이었다.

"왜 이리들 요란하냐? 한 달이나 두 달 안에 끝날 일이 아닌데 어찌 이리 성급해? 아무 말 다시 말고 내 명령대로 행하라."

영좌가 놀부 안채 대청 위에 허물없이 올라앉더니 대뜸 반말로 말

● **줄봉사** 앞 못 보는 이가 잇따라 생기는 일.

● **곰배팔이** 팔이 꼬부라져 붙어 펴지 못하거나 팔뚝이 없는 사람을 낮잡아 이르는 말.

● **과객질** 돈 없이 먼 길을 가다가, 도중에 모르는 이의 집에 들러 밤을 지내고 거저 밥을 얻어먹는 짓.

을 붙였다.

"바깥주인 어디 갔어? 이리 와서 내 말 듣지."

놀부가 전 같으면 오죽 호령할까마는, 걸인들 법석에 정신을 놓았다가 이 양반 하는 행실이 점잖아 보이는 터라 사정을 좀 해 볼까 하여 절을 하고 공손히 말을 했다.

"저 많은 동행 가운데 이러한 분이 없으니 과연 점잖습니다. 본댁이 어디시며, 무슨 일로 오셨습니까?"

"우리들 온 내력은 대엿새 쉰 다음에 차근히 말하려니와, 하고 많은 일행이 저 좁은 박통 속에서 여러 날 고생했더니 목이 마르고 배가 고파. 좋은 안주와 갖은 반찬으로 술과 밥을 준비해서 깨끗한 방에 착실히 대접해 봐."

놀부가 기가 막혀 애처롭게 비는 말이,

"저 많은 손님네를 어찌 다 대접한단 말이오? 돈으로 대신 드리면 안 되리까?"

"손님 대접하는 법이 밥상 하나 제대로 차리자면 반찬 값만 하더라도 여러 냥씩 될 거야. 주인네 폐를 생각해서 우리가 나가 사 먹을 테니 손님 한 명당 하루 식대 석 냥에 술담뱃값 닷 돈 쳐서 천삼백 명에 하루 사천오백오십 냥만 내놓게."

놀부가 어쩔 도리가 없어 다시 헐값에 논밭을 팔아 돈을 만들어 건네주며,

"자, 여기 사천오백오십 냥 가져왔소. 우리가 집은 좁은데 손님네들을 모시기가 불편하니 찾아온 내력이나 들어 보고서 해결을 봅시다."

"주인 사정 그렇다니 아무렇게나 해 볼까? 우리나라 강남에는 활인 서란 벼슬이 있어서 수만 금을 가지고 이자를 불려 우리 걸인들을 먹 였다네. 그런데 그대 할아비 덜렁쇠가 오천 냥을 빌려 쓰고 병자년에 도망해서 간 곳이 없지 않겠어? 원금을 쓰다 보니 그럭저럭 수십 년에 돈이 다 없어져서 걸인을 못 먹이게 되었지.

지난번에 조선에 왔던 제비한테 그대 소식을 듣고서 활인서에 아뢰 었더니 관리가 분부하기를, 만리타국 있는 놈을 잡아 올 길이 막연하 니 직접 찾아가서 지난 이자를 받아 오되 만일 말을 듣지 않으면 안방 에 들어가서 먹고 자라 했다네. 그 돈 갚고 안 갚기는 그대가 알아서 할 일이야."

놀부가 기가 막혀,

"우리 할아버지가 그 돈 쓸 때 남긴 증표라도 있소? 있거든 보여 주시오."

"있기야 있지마는 잊어버리고 안 가져왔지."

"증표가 있다 해도 믿을 수 없는 터에 증표도 안 가지고 빚을 받으 러 온단 말이오?"

"그거야 뭐 우리들이 여기서 먹고 자고 사람 하나를 보내서 가져오 게 하면 염려할 게 없지. 일 년쯤 걸리면 강남을 다녀올걸."

놀부가 들어 보니 사람 죽일 말이었다. 한참을 서로 따지다가 이자

를 쳐서 일만 냥에 합의해서 보낼 때에 영좌 영감이 말하기를,

"갖다가 바쳐서 적다고 하면 도로 찾아올 테니 바삐 떠난다고 섭섭하게 생각 말아."

좋아, 잘 나왔다 나오던 중 제일이다

걸인들이 떠나고 나자 놀부가 다시 다섯째 통을 타려고 들었다. 그때 박타는 일꾼 가운데 옆구리에 칼이 들어와도 할 말은 꼭 하는 청보라는 녀석이 나서서 말했다.

"여보시오 놀부 씨, 이 통 타는 앞소리는 내가 메기면 어떻겠소?"

놀부가 허락하자 청보란 놈이 놀부를 꾸짖으려고 꼭 박 말만 가지고 앞소리를 메겼다.

"실근실근 톱질이야."

"어여루 톱질이야."

"시르렁 실근 당겨 주오."

"어여루 톱질이야."

"요순 임금 태평 시에 인심이 순박하고, 공자 맹자 성현님은 행실이

검박하다.”

“밀화 늙어 호박이고, 구슬 바른 주박이로다.”

“근래 풍속이 그리 소박, 사람마다 모두 경박.”

“어여루 톱질이야.”

“남의 말을 대고 타박, 형제간에 몹시 구박.”

“어여루 톱질이야.”

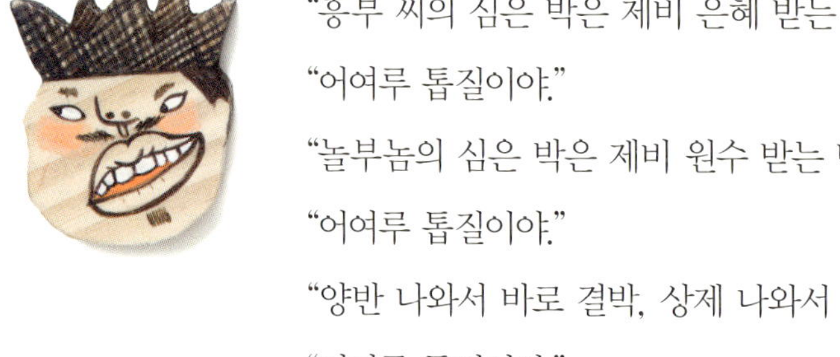

“흥부 씨의 심은 박은 제비 은혜 받는 박이요.”

“어여루 톱질이야.”

“놀부놈의 심은 박은 제비 원수 받는 박이라.”

“어여루 톱질이야.”

“양반 나와서 바로 결박, 상제 나와서 무수 공박.”

“어여루 톱질이야.”

“걸인 나와서 아주 협박, 놀부 처지가 하도 민박.”

“어여루 톱질이야.”

“악박하게 모은 재물, 부서지기가 촉박이라.”

“어여루 톱질이야.”

“네 형세가 저리 망박, 박놀부가 아주 쪽박.”

“어여루 톱질이야.”

“이런 일을 보더라도,”

“어여루 톱질이야.”

“악독하게 벌려 마소.”

“어여루 톱질이야.”

실근실근, 실근실근, 시르렁 실근 시르렁 실근, 실근실근 씩싹씩싹. 시르렁, 뚝딱!

박이 벌어지자 사당패, 솔대패 여러 광대 무리가 꾸역꾸역 나오는데,

"난심아, 죽절아, 채선아, 옥남아."

소고 든 이, 장고 진 이가 꾸역꾸역 나오더니 놀부 집 안마당에다 관람석을 벌여 놓고 뭇 사당 거사들이 흥을 내어 노래를 시작한다.

"구경을 가자, 구경을 가잔다. 한라산, 백두산, 지리산을 짓쳐 들어가니 초가삼간을 지었구나. 온갖 화초를 다 심었다. 맨드라미, 봉선화며 철쭉꽃, 진달래라. 여기도 넌출 심었고, 저기도 넌출 심었구나. 강원도 금강산으로 구경을 가잔다. 에루화 매화로구나."

놀부가 기가 막혀,

"좋아, 잘 나왔다. 나오던 중 제일이다. 돈은 쓰는 돈이니 나온 걸음에 잘 놀아 보아라."

이때 다시 솔대패가 나오는데, 여러 명이 솟대 메고 나오더니 놀부 앞에 세우고 훨씬 널리 터를 잡았다. 또 여러 악사가 늘어서더니 해금 소리는 고개고개, 퉁소 소리 디루디, 타령 장단 검무 춤에 번개 소고는 똥골똥골. 징, 북, 장구를 신명 내어 두드리니 구경꾼이 가득 찼다.

• **밀화(蜜花)** 밀랍 같은 누런빛이 나고 젖송이 같은 무늬가 있는 호박(琥珀).
• **주박(珠箔)** 구슬 따위를 꿰어 만든 발.
• **공박(攻駁)** 남의 잘못을 몹시 따지고 공격하는 것.
• **민박(憫迫)** 애가 탈 정도로 걱정스러운 것.
• **망박(忙迫)** 일에 몰려 몹시 바쁜 것.

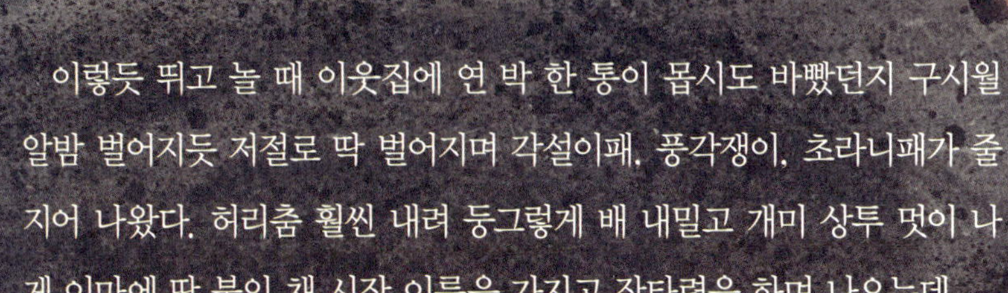

　이렇듯 뛰고 놀 때 이웃집에 연 박 한 통이 몹시도 바빴던지 구시월 알밤 벌어지듯 저절로 딱 벌어지며 각설이패, 풍각쟁이, 초라니패가 줄지어 나왔다. 허리춤 훨씬 내려 둥그렇게 배 내밀고 개미 상투 멋이 나게 이마에 딱 붙인 채 시장 이름을 가지고 장타령을 하며 나오는데,

　"뜨르르르르르르르 들어왔소. 구름 같은 그대 집에 신선 나그네 들어왔소. 각설이라 먹설이라, 동서리를 짊어지고 죽지도 않고 또 왔소, 뜨르르르르르 뜨르르 몰아 장타령. 흰 오얏꽃 옥과 장, 누른 버들 김제 장, 남편 아내 화목하니 화순 장, 시화연풍에 낙안 장, 쑥 솟았다 고산 장, 철철 흘러 장수 장, 전라 충청 경상도가 다 모여 금산 장, 일색 춘향 남원 장, 십 리 오 리에 장성 장, 애고대고 곡성 장, 오늘 가도 진안 장이요, 코 풀었다 흥덕 장, 주인은 있어도 무주 장, 술이 싱거워도 전주 장, 물을 타도 원주 장, 탁주를 먹어도 청주 장, 돈을 내도 공주 장, 맨술을 먹어도 안주 장. 이 장 저 장 다닐 적에 뉘릿뉘릿 황육전, 펄펄 뛰는 생선전, 울긋불긋 황화전, 팟삭팟삭 담배전, 얼걱덜걱 옹기전, 딸각딸각 나막신전, 호호 맵다 고추전, 어서 가자, 어서 가. 오란 곳 없어도 우리 갈 길 바빠요. 놀부 샌님, 수이 가게 합시오."

　풍각쟁이는 옆에 섰다가 두 다리를 빗디디며 살만 남은 헌 부채로

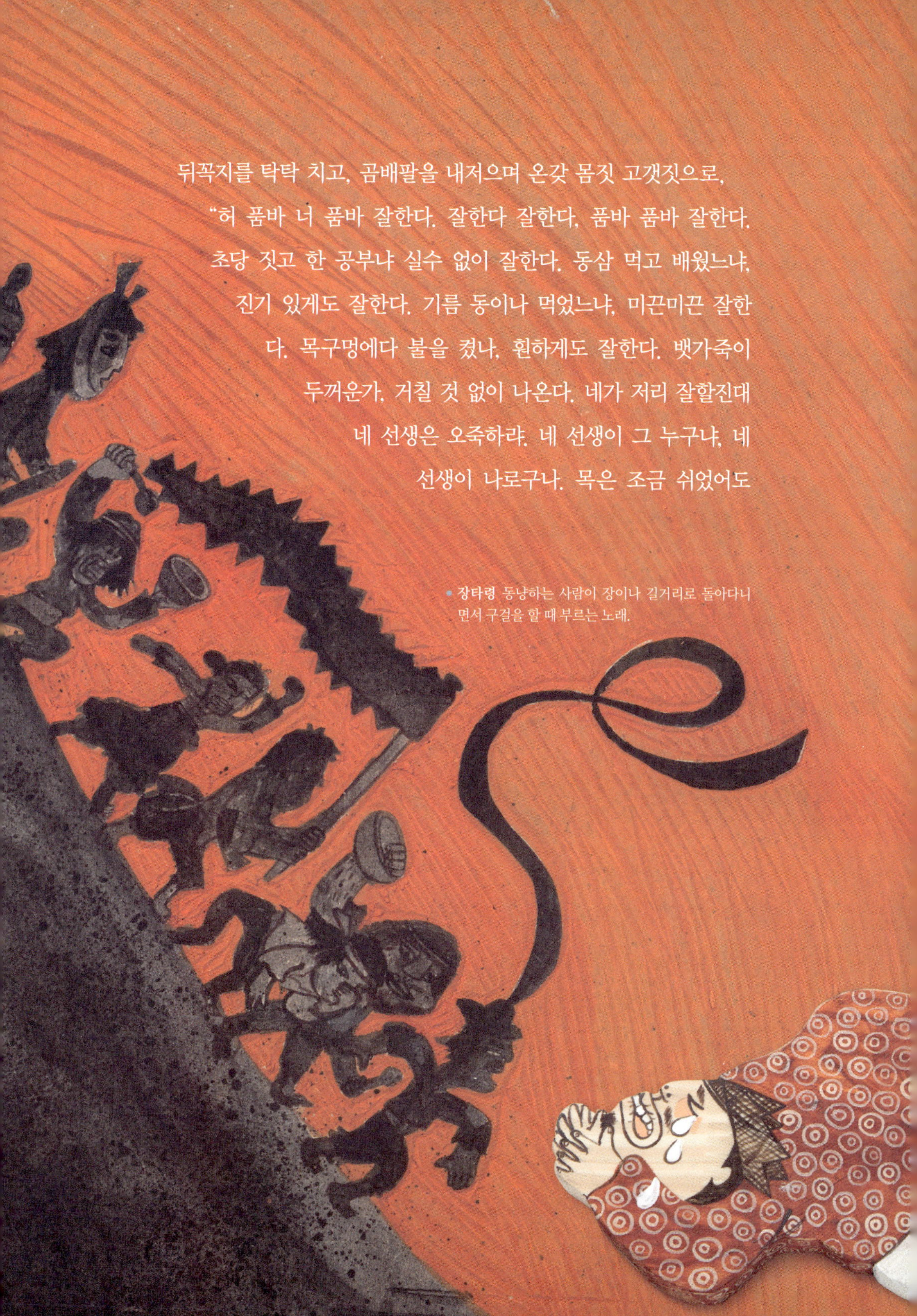

뒤꼭지를 탁탁 치고, 곰배팔을 내저으며 온갖 몸짓 고갯짓으로,
"허 품바 너 품바 잘한다. 잘한다 잘한다, 품바 품바 잘한다.
초당 짓고 한 공부냐 실수 없이 잘한다. 동삼 먹고 배웠느냐,
진기 있게도 잘한다. 기름 동이나 먹었느냐, 미끈미끈 잘한
다. 목구멍에다 불을 켰나, 훤하게도 잘한다. 뱃가죽이
두꺼운가, 거칠 것 없이 나온다. 네가 저리 잘할진대
네 선생은 오죽하랴. 네 선생이 그 누구냐, 네
선생이 나로구나. 목은 조금 쉬었어도

● 장타령 동냥하는 사람이 장이나 길거리로 돌아다니
면서 구걸을 할 때 부르는 노래.

아니리가 청산유수다. 차림새는 꼴불견이나 들을 멋은 다 들었다. 어 품바 잘한다, 얼씨구나 잘한다. 목 쉴라 목 쉴라, 대목장에 목 쉴라. 대목장에 목이 쉬면 열두 식구가 다 죽는다. 가만 가만히 섬겨라, 네 못하면 내가 하마. 어 품바 잘한다, 품바 품바 잘한다.”

한참 이리 노닐 적에 또 방정맞은 한 초라니가 구슬상모 털벙거지에 통장구를 턱밑에다 바짝 메고 고사를 지낸다며 놀기 시작하는데,

“꽁구락콩콩 꽁구락콩콩. 헛, 쉬! 통영 칠 도리반에다 쌀이나 서너 말 떠다 놓고, 귀 가진 저고리, 단 가진 치마에 명실 복실 다 늘이고, 돈은 천 냥만 받쳐 놓고, 신수 재수 고사나 올리고 액이나 한번 막아 봅시다.

정월 이월 드는 액은 삼월 삼일에 막아 내고, 사월 오월 드는 액은 유월 유두에 막아 내고, 칠월 팔월 드는 액은 구월 구일에 막아 내고, 시월 동지에 드는 액은 섣달그믐 막아 내고, 매월 매일 드는 액은 초라니 장구로 막아 봅시다. 꽁구락콩콩 꽁구락콩콩, 꽁굴딱 꽁굴딱, 꽁구락콩콩.”

놀부가 듣고 기가 막혀,

“야 이놈아, 고사고 액이고 모두 다 귀찮다. 다들 물러가거라.”

“꽁구락콩콩 꽁구락콩콩. 귀찮단 말이 웬 말이요. 귀 자 근본을 들 어 보소. 네 발 돋친 당나귀, 세 발 돋친 통노귀, 두 발 돋친 까마귀, 외발 돋친 돌쩌귀, 각시네 입은 치맛귀, 치맛귀 밑에는 단속곳귀, 단 속곳 밑에 속곳귀라. 꽁구락콩콩 꽁구락콩콩 꽁꽁 꽁꽁 꽁구락콩콩 꽁굴딱 꽁굴딱 꽁구락콩콩.”

초라니패가 한참 이 방정을 떨고 난 뒤에 사당패, 솔대패, 풍각쟁이,

각설이패까지 각각 천 냥씩 오천 냥을 내놓으라고 놀부를 잡죄기 시작
했다. 놀부가 하릴없이 집문서까지 다 잡혀서 오천 냥을 갖다 주자 패
거리들이 문밖으로 나서면서 홀연히 사라졌다. 놀부가 악에 받쳐서,

“무엇이 나오던지 한 통 남은 것 또 타 보자.”

마저 한 통 타려 하자 놀부 아내 달려들어 박통 위에 걸터 엎드렸다.

“제발 그만 타요. 고을에 유명하던 우리 형세가 하루아침에 탕진되
었으니 이 박을 켜려거든 내 허리까지 같이 켜요.”

방성통곡 울음을 울자 놀부도 무안해서,

“여보소 일꾼들, 양줄 풀어 톱 치우고 그 박통 들어다가 대문 밖에
내버리소.”

“그럽시다.”

삯군이 양줄 풀어서 톱을 치우려 할 때 뜻밖에 박통 속에서 호통
소리가 들려왔다.

“개문포 일방하라.”

“예이!”

포를 놓는 소리가 쿵! 박통이 떡 벌어지며 대장 하나가 나오는데 신
장은 팔 척이요, 얼굴이 먹장 같고, 표범 머리 제비턱에 고리눈 다박수

● **대목장** 큰 명절을 바로 앞두고 서는 장.
● **초라니** 탈놀이에서 양반의 하인으로 등장하는 인물.
● **구슬상모** 구슬로 장식한 술이 달린 벙거지.
● **퉁노귀** 퉁노구. 품질이 낮은 놋쇠로 만든 노구솥.
● **개문포**(開門砲) **일방**(一放) 문을 여는 포탄을 한 발 쏜다는 뜻이다.

염, 황금 투구에 쇄자 갑옷, 장팔사모장창을 눈 위에 번듯 들고 우레 같은 큰 소리를 벽력같이 내질렀다.

"네 이놈 놀부놈아. 네가 나를 모르리라. 천하가 말세 되어 삼국 시절이 분분할 때 유비, 관우, 장비 세 영웅이 도원에 결의하고 한나라 왕실을 바로잡자고 천하를 누빌 적에, 삼형제 중 막내, 오호대장 중 둘째 되는 탁군 땅 장익덕을 아느냐, 모르느냐? 목을 늘여 내 창을 받아라."

이렇듯 호통치니 벼락 떨어지는 듯했다. 박타던 삯군들 중 창자 터져 쓰러진 놈이 여럿이었다. 놀부는 혼비백산 기절해 장군 앞에 쓰러졌다.

"네 이놈, 놀부야! 천하에 중한 것이 형제밖에 또 없거늘 네놈은 어찌하여 착한 동생을 구박해 내쫓았으며, 평생에 행한 일이 남에게 못할 일만 가려 가며 해 왔느냐? 더구나 새 가운데 곡식에 해가 없고 사람을 잘 따라서 죄 없는 것이 제비인데 무리한 욕심으로 생다리를 꺾어 놓고 공을 받고자 했으니 그 죄를 어찌 용서할까. 내가 본래 생긴 모양이 제비턱을 가졌기로 항상 제비를 사랑했는데, 그 말을 듣자마자 불꽃같은 내 성미에 제비 왕께 자원하여 너 죽이러 여기 왔다. 제비 다리 꺾어 놓듯 네 목을 오늘 꺾으리라."

장군이 장창을 번쩍 쳐드는데 놀부는 이미 뻗어 누운 터라 송장에 침 주듯 아무 반응이 없었다. 그때 마당쇠가 흥부 집으로 달려가 소식을 전하자 흥부가 천방지축 달려와 장군 앞에 엎드렸다.

"아이고 장군님, 살려 주세요. 이렇게 빕니다. 제발 살려 주세요. 형님한테 죄가 있다지만, 형제는 한 몸이라 했습니다. 형이 만약 죽고 보

면 한 조각 병신 몸이
살아서 무엇하오리까. 흥부
놈도 마저 죽여 형의 뒤를 따
르게 하소서.”

장군이 이 말 듣고 시름없이 창을 놓더
니 흥부를 바라보며 눈물을 짓고 말을 했다.

“흥부 씨, 감격하오. 한 종실 유황숙과 늠름한 관공
님과 우리 세 사람이 도원결의하여 한나라 왕실을 회복하다
가 중형 관공께서 여몽의 간계에 별세하신 일이 내 죽은 혼이라도
철천지한이더이다. 오늘날 흥부 씨는 불측한 그 형을 한결같이 공경
하니 나도 중형을 생각하매 눈물을 수습하지 못하겠소이다.”

흥부 손길을 부여잡더니,

“못하겠소, 못하겠소. 돌을 던져 쥐를 잡고자 하나 그릇을 깰까 봐
못한다더니, 흥부 씨의 덕행으로 차마 이 분을 못 풀겠소이다.”

눈물 흘리며 작별하고 두어 걸음 물러서더니 문득 간곳없이 사라졌다.

장군은 떠났으나 놀부는 영영 죽어서 꽝꽝 언 동태 모양으로 온몸

* **쇄자 갑옷** 철로 된 고리를 연결하여 만든 갑옷.
* **장팔사모장창** 길이가 한 장 팔 척이나 되는 창 끝이 세모로 된 창.
* **장익덕**(張益德) 중국 삼국 시대 촉나라의 무장인 장비.
* **유황숙** 삼국 시대 촉한의 황제인 유비.
* **관공** 중국 삼국 시대 촉나라의 무장인 관우.
* **여몽**(呂蒙) 중국 삼국 시대 오나라의 장수로, 관우를 사로잡아 처형한 인물.

이 굳은 터였다. 흥부가 소리 내어 울면서 정신없이 저의 집으로 달려가 환혼주를 가져다가 놀부 입에 떠 넣자 살살 맥이 돌아 회생하기 시작했다. 놀부가 간신히 정신을 차려 집 안을 둘러보니 초상 치른 뒤도 아니고 이루 말할 길이 없었다. 아침거리 쌀 한 줌과 엽전 한 푼을 볼 수 없었다. 놀부와 놀부 아내가 그제야 사람 마음이 들었던지 얼굴을 바로 들어 흥부 내외를 못 보고 다시 그 자리에 엎드러져 자기네 죄를 늘어놓으며 방성통곡 울음을 울기 시작했다.

놀부는 그날부터 쾌히 개과천선하여 의로운 말과 착실한 행동으로 사람과 사물을 진실히 대하기 시작했다. 흥부의 착한 마음 극진히 형을 위로하며 저의 재산을 반으로 나누어 형제끼리 우애롭게 지내니 그 모습을 보고 누가 아니 칭찬할까. 도원의 남은 의기가 길이길이 전하여 찬란히 빛나는 것이었다.

그 뒤야 누가 알까, 더질더질.

<hr>

• **더질더질** 판소리의 끝에 쓰는 말. 어원이나 뜻은 알 수 없다.

얼쑤, 한판 놀아 보세

영조 때 한양에서 활동하며 명성을 날린 유랑 연예인 달문은 오늘날 십 대들의 우상, 스타들에 버금가는 인기를 누렸다고 하네요. 놀부가 '실근실근 시르렁 실근' 톱질을 하자 박이 벌어지고, 그 안에서 유랑 연예인들이 짠 하고 나타났습니다. 그냥 보낼 수 없겠지요? 우리도 신나게 한판 놀아 볼까요? 얼씨구!

해금 하면 풍각쟁이패

풍각쟁이패는 장거리를 돌아다니며 남의 집 문 앞이나 사람들이 모이는 곳에서 풍류 소리를 내어 돈을 얻어 가는 유랑 연예인 패였습니다. 해금을 타거나 노래를 부르며 구걸했는데, 해금 소리가 일품이었다고 합니다.

노래와 춤 하면 사당패

여자들로만 이루어져서 일명 '여사당'으로도 통합니다. 이 패거리는 술자리에서 노래를 부르고 춤을 추는 한편, 매음을 했습니다. 맨 위에 모갑이라는 서방격의 남자가 있고, 그 밑으로 거사라는 사나이들이 제각기 사당과 하나씩 짝을 맞추었다고 합니다.

여섯 가지 놀이 하면 남사당패

남사당패는 우두머리인 꼭두쇠 밑으로 40~50명의 단원을 갖춘 큰 규모의 유랑 연예인 집단입니다. 한 마당에서 풍물, 대접 돌리기, 땅재주, 줄타기, 탈놀음, 꼭두각시놀음 등 여섯 가지 놀이를 하는데, 일정한 보수 없이 숙식만 제공되면 마을의 큰 마당이나 장바닥에서 밤새도록 판을 벌입니다.

줄 재주 하면 솟대쟁이패

우리나라 전래의 곤두패로, 오늘날 곡마단의 전신에 해당
합니다. 풍물, 대접 돌리기, 땅재주, 요술 등을 연희 종목
으로 삼습니다. 높은 장대를 세우고 어깨 넓이의 두 가닥
줄을 아래로 비스듬하게 내려 고정하고 그 위에서 재주를
부리는 솟대타기가 솟대쟁이패의 대표적인 놀이입니다.

집 걷이 하면 걸립패

우두머리 격인 화주를 중심으로 비나리, 보살, 잽이,
산이, 탁발 등 15명 내외로 한 패거리를 이룹니다. 걸
립패는 관계를 맺고 있는 사찰의 신표를 제시하고 집
걷이(터굿, 성주굿, 조왕굿, 샘굿, 마당굿 등) 할 것을 청하
여 주인의 허락이 떨어지면 판을 벌입니다.

탈놀이 하면 초라니패

초라니패는 여자로 꾸민 기괴한 탈을 쓰고 붉은 저고
리에 푸른 치마를 입고 긴 대의 깃발을 들고 떼를 지
어 다니며 노는 무리입니다. 장터를 떠돌며 탈놀이를
하고 고사 소리를 불렀다고 합니다. 초라니는 하회 별
신굿 탈놀이에 등장하는 인물이기도 한데, 행동이 가
볍고 방정맞습니다.

장타령 하면 각설이패

각설이패가 살아가기 위한 주요 수단으로 삼았던 것이
바로 장타령입니다. 아무것도 안 하고 동냥만 달라고 하
는 거지와 달리, 각설이패는 공연이나 재주를 펼치는 대
가로 밥이나 돈을 구걸했습니다.

슬픔을 웃음으로 이겨 내는 낙관의 철학

● 이야기에서 판소리로, 판소리에서 소설로

《흥부전》은 고전 소설로 정착해 널리 읽힌 작품입니다. 하지만 이 작품이 처음부터 소설로 지어진 것은 아닙니다. 작품의 기원이나 형성 과정을 거슬러 올라가 보면 그 맥락이 설화와 닿아 있고 판소리와도 깊은 연관을 맺고 있습니다.

《흥부전》과 설화의 관련성에 대해서는 일찍이 그 '근원 설화'를 찾는 논의가 많았습니다. 〈방이 설화〉와 같이 선악을 달리하는 형제에 관한 설화가 《흥부전》의 기원이 된다는 견해가 일찍부터 있었습니다. 과연 〈방이 설화〉 같은 특정한 이야기가 《흥부전》에 직접적인 영향을 미쳤는지 확실하지 않지만, 《흥부전》을 비롯한 판소리계 소설 작품이 설화의 전통과 깊은 연관이 있다는 사실은 분명합니다.

조선 후기에 들어와 장터거리 같은 번화한 곳에서 구연 능력이 뛰어난 이야기꾼들이 활동하며 새로운 이야기를 만들어 내면서 이야기의 문학적 재미를 넓혔는데, 이러한 이야기 문화가 발전하면서 판소리 작품이 형성되었으리라고 봅니다. 그중 《흥부전》은 설화의 여러 양식 가운데 특히 민담(民譚)과 깊은 연관이 있습니다. 환상적·희극적 요소를 포함해 구김 없는 상상의 나래를 자유롭게 펼쳐 나가는 것은 민담의 기본 특성입니다.

하지만 《흥부전》은 단순한 설화적 이야기를 뛰어넘습니다. 판소리를 거쳐 소설로 정착한 《흥부전》은 이야기 이상의 이야기라 할 수 있습니다. 판소리는 광대들이 시대에 맞는 새로운 문학예술로 발전시킨 것인데, 인물의 캐릭터를 생생하게 살려 내는 한편 각 장면들을 아주 섬세하고 박진감 넘치게 표현함으로써 이야기 속 상황이 눈앞에 펼쳐지는 것처럼 느껴집니다. 민담과 달리 작품이 지어진 당시의 사회적 생활상을 잘 보여 주는 것이 판소리계 소설 작품입니다. 《흥부전》 또한 조선 후기라는 한 시대의 삶의 풍경을 생생하게 담아내고 있습니다.

《흥부전》은 소설로 정착된 이후에도 판소리로 널리 불렸습니다. 판소리로 불리는 흥부 이야기를 일반적으로 〈흥보가〉라고 합니다. 박록주, 김연수, 박동진, 오정숙, 박송희 같은 명창들이 판소리 〈흥보가〉의 명맥을 이어 왔습니다. 이러한 판소리 창본들은 소설로 정착된 자료들보다 더 생생하게 시대적 삶의 풍경을 담아내고 인물의 성격과 주제를 선명하게 표현해 냅니다. 판소리 특유의 리듬감을 바탕으로 해학과 신명을 잘 살려 내기도 합니다.

이 책의 바탕으로 삼은 자료는 판소리 〈흥보가〉입니다. 여러 창본 가운데 사설 내용이 특히 풍부하고 비극적 요소와 해학적 요소가 잘 어우러진 동초제 〈흥보가〉를 선택해 내용을 정리했습니다. 동초제는 동초 김연수 명창이 발전시킨 판소리 유파로, 그 전통이 현대의 오정숙 명창으로 이어졌습니다. 이 책은 그 사설을 바탕으로 삼되, 지나치게 번다한 부분을 간추리고 어려운 말을 쉽게 바꾸어 읽기에 적합한 문체로 가다듬는 방식으로 내용을 정리했습니다.

판소리 창본을 바탕으로 작업을 진행한 만큼 이 책의 제목도 《흥보가》라고 하는 것이 옳을지 모르겠습니다. 하지만 이 책은 판소리 사설은 아니며, 그것을 바탕으로 소설적으로 재정리한 것입니다. 소설로 된 흥부 이야기를 《흥부전》으로 일컬어 온 관례에 따라 이 책에도 '흥부전'이라는 표제를 달았습니다. 말하자면 이 책은 21세기의 새로운 소설본에 해당하는 셈입니다.

하지만 임의로 내용을 추가한 부분 없이 원본을 충실히 반영하는 방식으로 작품을 정리했으므로 《흥부전》의 본모습을 온전히 경험할 수 있으리라고 생각합니다. 특히 인물의 대사나 장면 묘사 등에서 판소리 특유의 운율감을 살림으로써 판소리계 소설다운 면모를 잘 나타내려고 했습니다. 이 책 내용의 상당 부분이 오늘날 불리고 있는 〈흥보가〉 사설과 통하므로, 판소리를 찾아 들으면서 작품을 음미하면 그 재미와 의미를 더욱 실감나게 느낄 수 있을 것입니다.

◉《흥부전》, 변화하는 역사 현실의 산물

《흥부전》의 배경을 이루는 조선 후기는 신분 질서와 경제생활 등 사회 전반에 큰 변화가 나타난 시기입니다. 양반이 몰락해 서민보다 못한 신세가 되어 생활고에 시달리는가 하면, 평민이나 천민 출신의 사람들이 큰 재산을 모아 양반 부럽지 않은 생활을 하기도 했습니다. 같은 계층 안에서도 가진 이와 못 가진 이의 차이가 극심하게 나타났습니다.

인구의 대부분을 차지했던 농민만 보더라도 많은 땅을 짓는 부농(富農)이 있고 적게나마 자기 땅을 가진 자작농(自作農)이 있는가 하면, 제 땅이 없어 남의 땅을 빌려 농사를 짓는 소작농(小作農)이 있고 남의 땅조차 얻지 못해 머슴살이나 품팔이를 해 생계를 잇는 임노동자(賃勞動者)도 있었습니다. 소작농과 임노동자 들의 생활은 우리가 상상하는 것 이상으로 어려웠습니다. 흉년이 들면 먹을 것을 구하지 못해 굶어 죽는 사람이 수두룩했습니다.

《흥부전》에는 이 같은 조선 후기의 시대 현실이 생생하게 반영되어 있습니다. 특히 농촌의 삶이 잘 그려져 있습니다. 많은 땅과 재산을 지니고 부유하게 살고 있는 놀부와 땅 한 뙈기 없이 품팔이로 연명하는 흥부는 빈부의 차이가 극단적으로 드러난 농촌 현실을 잘 보여 줍니다. 놀부가 곳간에 곡식을 가득 쌓아 두고 궤짝에 엽전을 가득 채우고 있는 데 반해 흥부는 당장 끼니를 때울 것이 없어 굶어 죽을 지경이니 달라도 그렇게 다를 수가 없습니다. 그런데 현실에서 놀부처럼 재산이 많은 사람은 소수였고 대다수가 생활고에 시달리고 있었으니, 흥부의 어려움을 이해하고 동정한 사람들이 더 많았으리라는 사실을 미루어 짐작할 수 있습니다.

당시 사정을 잘 이해하지 못하면 "어디 가서 막일이라도 해서 처자식을 먹여 살려야지 그렇게 대책이 없으면 어떻게 하느냐."라고 흥부를 힐난할 수도 있을 것입니다. 요즘에는 젊은 사람이 어디 가서 마음먹고 일을 하면 하루하루 먹고살기에 어려움이 덜하니 이렇게 생각할 만도 합니다. 하지만 과거의 상황은 그렇지 않았습니다. 품팔이 일을 구하는 것도 수월치 않았고 하루 종일 일을 해 보았자 밥 한 그릇을 얻어먹기가 쉽지 않았습니다. 흥부만 하더라도 가만히 앉아 있었던 것이 아니라 아내와 더불어 온갖 험한 일을 닥치는 대로 했음에도 살기가 그토록 어려웠던 것입니다. 삼순구식(三旬九食). 한 달에 겨우 아홉 끼니를 때우는 일조차 제대로 못했다고 하니 그 배고픔이 오죽했을까요?

이처럼 지난 시대의 사회 현실을 잘 반영하고 있지만, 그렇다고 해서 이 작품에 그려진 삶의 모습이 오늘날과 상관없지는 않습니다. 비록 그 구체적인 모습은 다르지만, 현실적 어려움에 부딪히며 고민하고 방황하는 것은 오늘날의 우리도 겪는 일입니다. IMF 경제 위기 때 많은 가장이 일터를 잃고 큰 고통을 겪었습니다. 꼭 경제적 어려움뿐만이 아니라, 사람들은 누구나 이런저런 이유로 살아가는 일을 막막하게 느끼는 상황을 겪습니다. 흥부가 절박한 현실 앞에서 큰 고통을 겪는 모습, 그러면서도 좌절하지 않고 애써 그것을 헤쳐 나가는 모습은 지난날에도 오늘날의 우리에게도 많은 의미를 전해 줍니다.

● 흥부 부부가 사는 법

흥부가 막막한 현실 속에서 고통을 겪으면서 그것을 애써 헤쳐 나간다고 했습니다. 그런데 그 과정은 흥부 혼자만의 일이 아니었습니다. 흥부 곁에는 흥부만큼이나 착하고 흥부보다 더 고생을 한 아내가 있었습니다. 이 부부가 살아가는 모습은 무척이나 슬프면서 감동적입니다.

흥부에 대해서는 '가난하고 선량한 민중'을 대변하는 존재로 보는 시각과 '무능하고 모순적인 양반'으로 보는 시각이 맞서 있습니다. 실제로 흥부의 인물형은 그리 간단치가 않습니다. 그 둘 다이기도 하고 둘 다가 아니기도 합니다. 이러한 복합적 특성은 흥부가 처한 현실 상황과 관련이 있습니다.

흥부는 현실에서 그 처지가 극단적으로 변하는 인물입니다. 양반 행세를 하는 부잣집의 귀한 자제에서 하루아침에 모든 것을 잃어버리고 극심한 굶주림에 시달리는 존재로 전락합니다. 도덕군자로 소문난 흥부였지만, 갑자기 부닥친 가혹한 현실 앞에서 과연 어떻게 처신할지 무척 궁금해지는 대목입니다.

현실에 대한 흥부의 반응은 먼저 '무대책과 무능'으로 나타납니다. 제 앞가림조차 변변히 할 줄 모르는 것이 흥부의 선량함이었습니다. 흥부는 형의 일방적인 내침에 저항 한 번 못하고 속절없이 쫓겨났습니다. 이뿐이 아닙니다. 어디 가서 어떻게 살아야 할지 대책도 없이 방황하다가 집이라고 찾아든 것이 비바람조차 막지 못하는 다 망가진 오두막이었습니다.

흥부는 제 앞가림조차 못하는 상황에서도 양반의 위신을 차리려는 우스꽝스런 모습을 보이기도 합니다. 곡식을 빌리려고 관가에 가면서도 다 떨어진 양반 의관을 찾아서 걸치고 팔자걸음으로 어슥비슥 들어갑니다. 아무 능력도 없는 처지에 허위의식을 몸에 걸치고 있습니다. 이것이 도덕군자의 모습인가 하고 헛웃음을 짓게 되는 대목입니다.

하지만 흥부의 선량함은 이렇게 허망하지만은 않습니다. 어떻게든 처자식을 먹여 살려 보려고 발버둥치는 그의 모습을 가볍게 지나칠 수 없습니다. 흥부는 아내와 함께 갖가지 험한 품팔이 일에 나섭니다. 좋은 대접을 받으며 편안하게 살아온 사람이 갑자기 천하고 험한 일에 나서는 것이 쉽지 않았을 텐데도 흥부는 그것을 마다하지 않습니다.

흥부가 매품을 팔아서 처자식을 간수하고자 한 것도 범상하게 넘길 일이 아닙니다. 제 몸을 팔아서 돈을 만들어 보겠다는 발상은 좀 한심해 보이지만 그렇게 해서라도 처자식에게 따뜻한 밥을 먹이려는 모습은 눈물겹습니다. 굶주린 몸에 곤장까지 맞고 나면 온몸이 만신창이가 될 텐데도 굳이 그 길에 나서고자 하니 말입니다. 이렇게 제 온몸으로 가혹한 현실을 짊어지고자 했던 슬픈 아버지가 흥부였습니다.

그러한 흥부 곁에는 아내가 있었습니다. 남편이 매품을 팔아 돈 서른 냥을 받기로 했다는 말에 그 아내가 무어라고 말했던가요?

"허허, 아이고, 이것이 웬 말인가. 그리 말아요. 가지 말아요. 아무리 죽게 된
들 매품 말이 웬 말이오. 맞을 일이 있다 해도 집을 팔아서라도 그 일 모면할
텐데 번연히 아는 일을 매 맞으러 간다 하니 당신은 어찌하여 죽으려고 야단인
가. 못 갑니다. 못 갑니다. 굶으면 그냥 굶고 죽으면 좋게 죽지, 불쌍한 저 모양
에 매란 말이 웬 말이오! 여보, 영감. 병영 곤장을 한 개만 맞아도 평생 골병이
든답니다. 바짝 마른 저 볼기에 곤장 열 개를 맞게 되면 영락없이 죽을 테니
돈 닷 냥 도로 주고 제발 부디 가지 말아요."

당장 자식과 함께 배를 곯는 처지에 돈 서른 냥이 어찌 눈에 어른거리지 않았을까
만, 이렇게 제 남편을 말린 아내였습니다. 자신의 만류를 뿌리치고 병영으로 떠난 남
편의 무사 귀환을 진심으로 빌다가 매를 못 맞고 돌아온 남편을 맞이해 덩실덩실 춤
을 춘 그런 아내였습니다. 그에 앞서 흥부와 함께 험한 품팔이 일에 나서면서 남편과
자식들을 간수하기 위해 나섰던 그 아내이기도 합니다. 그녀는 가혹한 현실을 한탄하
고 원망하기보다 그것을 헤쳐 나가려고 몸부림친 훌륭한 어머니였습니다.

흥부와 그의 아내는 그렇게 서로 의지하면서 열심히 살아갑니다. 그들은 냉혹한 현
실 속에서도 더욱 아름답게 빛을 발하는 인간미와 참사랑이 있음을 보여 준 사람들입
니다. 흥부가 둥지에서 떨어져 다리가 부러진 제비(그 모습은 어찌 그리 흥부와 닮았는지
모릅니다.)를 눈물까지 보이며 정성껏 지켜 내는 장면은 이들이 실현하고 있는 참다운
휴머니즘을 단적으로 보여 줍니다. 깊은 감동이 있는 이러한 삶의 과정을 통해 이들은
어느새 동정(同情)의 대상에서 경애(敬愛)의 대상으로 바뀝니다.

하늘은 스스로 돕는 자를 돕는다고 했습니다. 흥부 부부는 '스스로 돕는 자'였습니
다. 그러니 그들에게 하늘의 응답이 내리는 것은 당연한 순리입니다. 제비가 물어다
준 박에서 쌀과 돈이 나오고 집이 나오는 것은 앞날이 내다보이지 않은 가혹한 현실
속에서도 열심히 바르게 살아온 흥부 부부에 대한 하늘의 보답이었습니다. 박에서 보
화가 나온다는 설정은 비현실적이지만, 그것은 하나의 문학적 상징입니다. 비록 현실
이 막막하고 고통스럽더라도 희망을 잃지 않고 서로 사랑하며 바르게 살다 보면 언젠

가 거짓말처럼 좋은 날이 있으리라는 믿음의 상징 말입니다. 이것이 바로 우리 선조들이 《흥부전》을 통해 되새겼던 삶의 철학이라 하겠습니다.

◉ 해학과 웃음, 낙관의 철학

흥부 부부에게 닥쳐온 현실은 무척이나 가혹했고, 고통은 감내하기 어려웠습니다. 생각하면 한숨이 나오고 눈물이 나오는 상황이었습니다. 하지만 《흥부전》에는 한숨과 눈물보다 웃음이 더욱 풍성하게 넘실거립니다.

《흥부전》에서 즐거운 웃음은 작품 후반부에 특히 많이 넘쳐 나지만, 극심한 가난의 고통을 그려 나가고 있는 전반부에도 곳곳에 웃음이 스며들어 있습니다. 실제 상황은 아주 슬프지만, 서술자가 일정한 거리를 두고 상황을 희화적으로 묘사하며 생긴 특징입니다. 그래서 독자들은 슬픈 장면을 보면서 웃음을 터뜨리는데, 이는 독자들로 하여금 슬픔에 파묻히지 않고 그것을 이겨 낼 수 있도록 해 줍니다. '웃음으로 눈물을 닦는' 효과를 발휘하는 것입니다.

서술자의 태도뿐만 아니라 주인공의 성격과 삶의 방식도 세심히 눈여겨봐야 합니다. 어떤가 하면, 흥부 부부는 가혹한 현실 속에서 커다란 고통을 겪으면서도 여유와 웃음을 잃지 않았던 것입니다.

> "얼씨구나 좋네. 지화자 좋을시고. 우리 영감이 병영 길을 가신 뒤로 매를 맞지 마시라고 밤낮으로 빌었더니 매 안 맞고 돌아오니 어찌 아니 즐거울까. 얼씨구나 좋을시고. 옷을 벗어도 나는 좋고 굶어 죽어도 나는 좋네. 얼씨구나 좋네, 지화자 좋아."

> 흥부가 혼자서 흥을 내어 톱 소리를 하더니,
> "여보, 당신이 톱 소리를 받아 줘야지."
> "톱 소리를 받으려 해도 배가 고파 못하겠어요."

"배가 정 고프거든 허리띠를 졸라매고 뒷소리를 받아 주오. 시르렁 실근 톱질
이야."

"시르렁 실근 톱질이야."

"에이여루 당겨 주소. 시르르르르르르르 시르르르르르르르 시르렁 시르렁 실근
시르렁 실근 당겨 주소."

"큰 자식은 저리 가고 작은 자식은 이리 와라. 우리가 이 박을 어서 타서 박속
일랑 끓여 먹고 바가지는 팔아다가 목숨 보존 하자꾸나. 에이여루 톱질이야."

"시르렁 실근 톱질이야."

당장 끼니가 없는 처지에서도 남편의 무사 귀환을 반기며 더덩실 춤을 추는 것이
흥부 아내의 모습이었고, 명절을 앞두고 먹을 것이 없어 허기진 몸으로 박을 타면서
도 타령을 넣으며 흥겹게 톱질을 하는 것이 흥부 부부의 모습이었습니다. 흥부 부부
가 하늘로부터 얻은 복은 저절로 굴러 들어온 것이 아니라 온갖 어려움 속에서도 웃
음과 여유를 잃지 않는 낙관적 삶의 태도에서 연유한 것이라 할 수 있습니다. 흥부가
복을 받는 계기가 되었던 '제비 다리 고치기'도 그와 같은 마음의 여유가 있었기에 가
능한 행동이었을 것입니다.

현실적 삶의 고통은 작품 속 흥부만의 것이 아니었습니다. 《흥부전》을 만들고 전승
해 온 작품 밖의 민중도 현실의 어려움을 겪고 있었습니다. 웃음을 통해 슬픔을 극복
하는 것, 낙관을 통해 비관을 극복하는 것은 바로 이들이 가꾸고 지켜 온 삶의 철학
이었습니다.

흥부가 박에서 나온 보화로 부자가 되어 신명 나게 노닐 때 이를 지켜보는 사람들은
마치 자신이 부자가 된 듯 기뻐하며 그 신명에 함께 참여합니다. 이것은 그들이 문학
작품을 매개로 하여 어려운 현실을 웃음과 낙관으로 극복해 가는 과정이라 할 수 있
습니다. 흥부 박에 이어 놀부 박을 둘러싸고 펼쳐지는 한바탕의 소란 역시 마찬가지입
니다. 그 속에는 놀부의 악한 행실을 징치하는 의미도 담겨 있지만, 본질적으로는 한
바탕 신명 나는 웃음의 장을 통해 낙관의 철학을 펼쳐 내는 의미가 담겨 있습니다.

박이 벌어지자 이번에는 사당패, 솔대패 여러 광대 무리가 꾸역꾸역 나오는데,

"난심아, 죽절아, 채선아, 옥남아."

소고 든 이, 장고 진 이가 꾸역꾸역 나오더니 놀부 집 안마당에다 관람석을 벌여 놓고 뭇 사당 거사들이 흥을 내어 노래를 시작한다.

"구경을 가자, 구경을 가잔다. 한라산, 백두산, 지리산을 짓쳐 들어가니 초가 삼간을 지었구나. 온갖 화초를 다 심었다. 맨드라미, 봉선화며 철쭉꽃, 진달래라. 여기도 넌출 심었고, 저기도 넌출 심었구나. 강원도 금강산으로 구경을 가잔다. 에루화 매화로구나."

놀부가 기가 막혀,

"좋아, 잘 나왔다. 나오던 중 제일이다. 돈은 쓰는 돈이니 나온 걸음에 잘 놀아 보아라."

이때에 다시 솔대패 한 패가 나오는데, 여러 명이 솟대 메고 나오더니 놀부 앞에다 대를 세우고 훨씬 널리 터를 잡았다. 또 여러 악사가 늘어서더니, 해금 소리는 고개고개, 퉁소 소리 디루디, 타령 장단 검무 춤에 번개 소고는 똥골똥골. 징, 북, 장구를 신명 내어 두드리니 구경꾼이 가득 찼다.

이렇듯 뛰고 놀 때 이웃집에 연 박 한 통이 몹시도 바빴던지 구시월 알밤 벌어지듯 저절로 딱 벌어지며 각설이패, 풍각쟁이, 초라니패가 줄지어서 나왔다. 허리춤 훨씬 내려 둥그렇게 배를 내밀고 개미 상투 멋이 나게 이마에 딱 붙인 채 시장 이름을 가지고 장타령을 하며 나오는데,

"뜨르르르르르르르 들어왔소. 구름 같은 그대 집에 신선 나그네 들어왔소. 각설이라 먹설이라, 동서리를 짊어지고 죽지도 않고 또 왔소. 뜨르르르르르 뜨르르 몰아 장타령. 흰 오얏꽃 옥과 장, 누른 버들 김제 장, 남편 아내 화목하니 화순 장, 시화연풍에 낙안 장, 쑥 솟았다 고산 장, 철철 흘러 장수 장, 전라 충청 경상도가 다 모여서 금산 장, 일색 춘향 남원 장, 십 리 오 리에 장성 장, 애고대고 곡성 장, 오늘 가도 진안 장이요, 코 풀었다 흥덕 장, 주인은 있어도 무주 장, 술이 싱거워도 전주 장, 물을 타도 원주 장, 탁주를 먹어도 청주 장, 돈을 내도 공주 장, 맨술을 먹어도 안주 장, 이 장 저 장 다닐 적에 뉘릿뉘릿 황육전, 펄펄 뛰는 생선전, 울긋불긋 황화전, 팟삭팟삭 담배전, 얼걱덜걱 옹기전, 딸각딸각

나막신전, 호호 맵다 고추전, 어서 가자, 어서 가. 오란 곳 없어도 우리 갈 길은
바빠요. 놀부 샌님, 수이 가게 합시오."

보는 바와 같이 하나의 신명 나는 난장입니다. 환상을 빙자한 한바탕 놀이판이며
웃음을 통해 현실을 뒤집어 버리는 반역의 판입니다. 세상은 낙관하는 자의 것이니,
저와 같은 신명을 통해 마침내 그들의 세상이 활짝 열린 것입니다. 흥부가 그랬던 것처
럼 말입니다. 꼭 박속에서 금은보화가 쏟아져 나와야만 좋은 날일까요? 저렇게 신명
으로 힘겨운 삶을 풀어내는 순간, 세상은 이미 그들의 것이 되었을 테니 말입니다.

《흥부전》이 가꾸어 온 삶의 철학. 희망과 낙관의 철학은 바로 우리 자신의 것이 되
어야 마땅합니다. 흥부 부부와 더불어, 그 스물아홉 명이나 되는 자식들과 더불어,
또 놀부 가족들과도 함께, 그리고 저 흥에 겨운 군중과 다 함께 어우러져서 마음껏
즐길 일입니다. 그렇게 즐기다 보면 어느새 더 여유로워지고 더 행복해져 있는 우리
자신과 만나게 될 것입니다.

흥부의 박을 얻는다면?

● 《흥부전》은 착한 흥부는 복을 받고 못된 놀부는 벌을 받는다는 권선징악의 주제를 담고 있습니다. 자신이 알고 있는 전설, 소설, 영화 등의 이야기 중에서 이처럼 권선징악이 주제인 이야기는 무엇이 있나요? 그 이야기와 《흥부전》이 어떤 점에서 같고 다른지 비교해 봅시다.

● 흥부와 놀부는 형제이지만, 비슷한 점을 찾아보기 힘들 만큼 서로 다릅니다. 심지어 흥부는 몰락한 양반의 모습으로 그려지는 반면, 놀부는 부자가 되어 양반 행세를 하는 천민으로 비춰지기도 합니다. 이는 신분 제도가 동요하는 조선 시대 후기의 모습을 그린 것이라고 할 수 있습니다. 흥부와 놀부가 각각 몰락한 양반과 부자가 된 천민의 상징이라고 볼 수 있는 이유를 이야기 속에서 찾아봅시다.

● 흥부의 아내는 남편을 도와 가난한 가정의 생계를 꾸려 나가기 위해 궂은일을 마다하지 않은 착한 아내입니다. 핍박당하던 설움 때문에 놀부를 미워하다 보니 형을 이해하려는 흥부와 실랑이를 하기도 하지요. 만약 흥부 아내의 성격이 달랐다면 이야기는 어떻게 됐을까요? 다른 소설 속에 등장하는 아내들과 흥부의 아내를 바꾸어 보고 그에 따라 《흥부전》의 내용이 어떻게 달라질지 상상해 봅시다.

● 제비가 흥부에게 물어다 준 '보은박'에서는 쌀과 돈, 약, 옷감, 그리고 기와집이 나왔습니다. 이는 가난을 면하고 인간다운 삶을 살기 위해 필요한 의식주의 기본 조건들입니다. 제비가 흥부에게 준 선물은 어떤 의미인지 생각해 봅시다. 현대의 《흥부전》을 새로 쓴다면 박속에서 무엇이 나왔을지 상상해 보고, '요술 램프'처럼 박속의 선물을 고를 수 있다면 현대의 흥부는 무엇을 원했을지 생각해 봅시다.

● 《흥부전》은 지독한 가난 속에서도 가족을 돌보기 위해 자신을 희생하는 흥부의 가족애를 바탕으로 비극적인 가난조차도 해학으로 풀어내고 있습니다. 《흥부전》을 통해 가난의 비극과 그보다 더 큰 가족의 사랑에 대해 생각해 봅시다. 《흥부전》에서 흥부의 가족 사랑이 가장 잘 드러난 에피소드는 무엇인지 이야기해 봅시다.

● 다음은 《허삼관매혈기》라는 중국 소설의 줄거리입니다. 위화의 《허삼관매혈기》를
《흥부전》과 비교하며 읽어 보고, 극심한 가난을 견디는 가족애와 가난의 비극이 어
떻게 그려지고 있는지 살펴봅시다.

1950년대 중국, 주인공 허삼관이 가족을 위해 한평생 피를 팔면서 살아가는 인생 역정
을 담은 이야기. 가난한 허삼관은 피를 팔아 번 돈으로 성안에서 가장 미인으로 소문난
허옥란과 결혼한다. 그들은 5년 동안 세 명의 아들을 낳았는데 큰 아들 일락이가 허옥
란이 결혼 전 사귀었던 하소용을 닮아 간다. 허삼관은 그런 일락을 "내 자식이 아니다."
라고 부정하지만 그들의 부자 관계는 고비 때마다 피를 팔러 나서는 허삼관의 사랑으로
끈끈하게 이어진다. 급기야 허삼관은 간염에 걸린 일락을 살리기 위해 비쩍 마른 몸으
로 피를 팔아 돈을 모아 가며 아들이 입원해 있는 상해로 올라간다.

참고 문헌

마지드 라흐네마 지음, 이혜정 옮김, 《버리지 못한 가난》, 책씨, 2005.

서윤영, 《집宇 집宙 − 지상의 집 한 채, 삶을 품고 우주와 통하다》, 궁리, 2005.

정연식, 《일상으로 본 조선시대 이야기 2》, 청년사, 2007.

최석로 해설, 《민족의 사진첩 Ⅲ : 민족의 전통》, 서문당, 1994.

한국역사연구회, 《조선시대 사람들은 어떻게 살았을까 1》, 청년사, 2005.

한미라, 《한국인의 생활사−문화와 생활 중심의 역사 읽기》, 일진사, 2011.

도움 주신 분들

고화정(영등포여자고등학교)

김예선(건국대학교 국어국문학과 박사 과정)

왕지윤(경인여자고등학교)

이민수(서울 삼정중학교)

임지향(중흥고등학교)

조현종(태릉고등학교)

국어시간에 고전읽기 10

흥부전, 이 박을 타거들랑 밥 한 통만 나오너라

1판 1쇄 발행일 2006년 7월 5일
개정판 1쇄 발행일 2013년 8월 26일
개정판 11쇄 발행일 2025년 9월 8일

기획 전국국어교사모임
글 신동흔
그림 김혜란

발행인 김학원
발행처 (주)휴머니스트출판그룹
출판등록 제313-2007-000007호(2007년 1월 5일)
주소 (03991) 서울시 마포구 동교로23길 76(연남동)
전화 02-335-4422 **팩스** 02-334-3427
저자·독자 서비스 humanist@humanistbooks.com
홈페이지 www.humanistbooks.com
유튜브 youtube.com/user/humanistma
인스타그램 @humanist_insta

편집책임 문성환 **편집** 윤무재 **디자인** 김태형 유주현 림어소시에이션
스캔·출력 이희수 com. **용지** 화인페이퍼 **인쇄** 청아디앤피 **제본** 민성사

ⓒ 신동흔·김혜란, 2013

ISBN 978-89-5862-633-6 44810